JN251398

百年後　前野健太

目次

I

II

III

カバー・扉写真　ホンマタカシ
本文写真・イラスト　前野健太
装幀　飯塚文子

I

雪の花束

「女ってホントはなんにも考えてないのよ」

　という言葉を聞いた時、私の中を潮風のようなものが流れた。

　その女（ひと）と出会ったのは、ライブが終わってその町でひとりで飲んでいる時のことだった。網走は初めて訪れた町だった。三軒目に入ったスナックで、ママがだいぶ頑張って飲んだのか泥酔していた。その横でその女（ひと）、Kちゃんは気丈に振る舞っていた。歳は三十代半ばから後半。パチっとした瞳で、客の男たちに対する接客の様子を見ていていい子だなと感じた。

　客は男が三人いた。皆、カラオケを歌った。「流氷鳴き」「流氷の駅」など当地の歌が多かった。それから三人は中国の悪口を言い始めた。アイツらに気を許しちゃいけねえ。日本人はイイ人すぎるんだ。そうやってコロッとダマされる。もう資源だって買い荒らされてんゾ。

海に面した町に住む人たちの素直な気持ちなのだろうか。その時は、たいがいこういう悪口を言っているのは中高年の男たちだよなと思っていたが、そもそも若い人たちは飲み屋でこういう話をあまりしないような気もする。男たちのカラオケを楽しみながらKちゃんの横顔をチラチラ眺めた。苦労しているという感じはないが、ほのかな翳(かげ)りがあった。唇はそれを食べてしまいそうな健康的な厚さ。タイプだった。

ママがいよいよ酔いつぶれてしばらくすると代行が来た。Kちゃんごめんね、と言って代行に抱えられるように店を出て行った。残った男たちもパラパラと帰り、Kちゃんと私はふたりきりになった。店引けたらご飯行こっか。Kちゃんが声をかけてくれた。片付けが終わるのを待ち、ふたりで店を出た。

十一月後半の網走はもう雪が積もっていた。Kちゃんが腕を組んできたので私も組み返した。ふたりはゆっくり歩いた。網走の町の道幅は広かった。雪はしずかに降っていた。Kちゃんはバツイチだという。幼稚園に通う子供もいるらしい。来月東京遊びに行くよ、と言ってきたが私は関心がなかった。東京で会う訳がないのだ。そのまま雪の町の夜を、ずっと歩いた。私は暖を取りたかったが彼女に従った。雪は降って私たちは歩いた。胸に何かこみ上げるものがあった。私はそれが歌だと気づいた。いつだってそうだ。歌を持っているのは私ではない。

それから連絡は一切取り合わなかったが、Ｋちゃんは今も網走のスナック「花束」にいるのだろうか。流氷を見つめるあなたを、いつか見てみたい。

オフィス街の大地

サンマルクでチョコ・クロワッサンを食べます。珈琲はアメリカンを注文します。水は自分でジャーッと入れます。

オフィス街に住んでいます。寒い季節はビルの谷間、冷たい風がビュービューと吹きます。うーさびい。ちょっと大きな声でつぶやきます。誰かが話しかけて来ることなんてないのですが、街への挨拶です。

私が好きな歌手にアタウアルパ・ユパンキという人がいます。アルゼンチンの古い歌を歌っていました。レコードとＣＤが部屋に何枚かあります。ギターが上手で、声が低くて渋いです。

ジャンルはフォルクローレというのでしょうか。民謡、でも彼の音楽は民謡という言葉には収まらないモダンなアトモスフィアが漂っています。

ユパンキは自分の中に流れるインディオの血を大切にしていたようです。風、大地、ギター、この言葉がよく歌詞やエッセイに出てきます。たまたま古本でユパンキの本を見つけて持っています。『インディオの歌』という文庫本です。

この本の冒頭の一節がたまらなく好きです。

「私の血のなかに走る宇宙の粒子は、天体のちからの無限の世界だ。（中略）そのときの私は、おそらく風の足の砂だったのだろう」（ソンコ・マージュ・訳）

部屋でユパンキを流します。オフィス街の夜に、インディオの古い歌が流れます。何を歌っているのか対訳もないのでわからないのですが、どうしてか、ベランダから眺めた建設中のどでかいマンションにもぴったりとこの音楽は馴染みます。そのマンションが大地の上に、土の上に立っているからでしょうか。夜空に雲が流れ、星が少し瞬いているからでしょうか。

あの店がなくなってしまった、街が変わってしまった、と僕はよく嘆きます。でも、なんだか今日は気分がちがいます。大地を意識させる音楽が、この地のかなしみをくみ取ろうとする歌があれば、大丈夫だ、と。

ドトールでモーニングA、ドリンクはアメリカン・コーヒーを頼みます。水は自分でポットからジョーっとコップに注ぎます。よく晴れた冬のオフィス街の朝です。

さよならブルートレイン

透明な除雪列車。こんな昆虫を、どこかで見たことがある。寝台特急、午前四時四十一分。青森の豪雪地帯を走る。
ピューッと汽笛が鳴ると、長いトンネルに入った。ピュッと鳴ると短いトンネル。

雪も汗かきゃ　十勝の春よ
ばん馬の吐く息ゃ　ハーイヨー

凝ったトレイン、詩情の愛。さよならブルートレイン。歌でも歌ってあげたらよかった。でも、私はそういう意味で、歌を日常的に歌うことがそんなに好きではないのだろう。カーテンを開けて真夜中の車窓を眺めていた。持っていったディック・フランシスの競馬ミステリ『度胸』は十四ページで止まったまま。

先月有名ジョッキーが自殺した。スポーツ紙を数日間賑わして、すっと記事は出なくなった。『度胸』はジョッキーが自殺してしまう小説。この小説にヒミツが隠されているのでは、と思いザックに詰めたが、進まなかった。寝台特急はあっという間に終点札幌に着いた。

それから間もなく乗ったのは特急スーパーおおぞら。十勝平野を焦がし、たどり着いたのは帯広。タクシーを飛ばし目的地ばんえい十勝帯広競馬場へ。初めて見るばん馬の大きなことよ。一トンを超える馬体。総重量六百キロ以上のソリを引く。走る、というよりも歩く、だ。何レース目だったか、重たいソリに耐えられず坂の上で馬が倒れてしまい、ウーウーとうめき声をあげ始めた。ソリの上からジョッキーが何度もムチを入れる。もうやめてやれよ！　死んじゃうぞ！　と観客のヤジ。それでもやめないジョッキー。かわいそうに、と漏らす主婦。私は、ムチとヤジの間でもだえた。かわいそうなのはわかってる。でも、ムチを入れ続けるのにもジョッキーの考えがあるのだ。

もうダメかと思った二、三分後、馬は立ち上がって再びソリをぐいっと引き始めた。拳を握って応援した。頑張れ！　ニシキヒカル！

無事にレースが終わって、ホッと息をついた。夜の始まりの空は真っ青で、乗ってきた寝台特急の色に似ていた。まだ冷たい冬の空気がうれしかった。

女と花の関係

地下鉄の階段を上がって地上に出て、左に折れて角を曲がった瞬間に、ふわっと花の香りがしたので、左を向くと、ツツジが一輪だけ小さく咲いていた。雨の夜で、ぐだっとしていた私は、この香りで生きていける、と全身で思った。

「花の名前を知ってる男になりなさい」

というセリフが、上村一夫の漫画の中にあったような気がするが思い違いだろうか。あるいは田村隆一のエッセイだったかもしれない。十年前くらいにすごく影響を受けたのに、たぶん知っている花なんて十くらいだろう。

今年はついに花見をしなかったが、桜が満開になる前に咲いていた、わりと背の高い木になる白い花、あれが好きになった。ブ、がつく、ショウブ？　コブシ？　たしかそんな名前だったろうと思って辞書でコブシを引いたら、その白い花に様子がとても似ているのでコブシだと断定した。

　一応図書館で確認しようと思い、植物図鑑でショウブとコブシを調べたら全然違うもので恥ずかしくなった。まあこれでくっきりとショウブの姿も思い浮かべることができた訳だが。驚いたのはコブシのページ。コブシにやたら似ている花がある。ハクモクレンという花で、同じモクレン科と書いてある。いろんな本を棚から出して見比べてもやはり似ている。ただ花弁（かべん）の数がコブシが六枚、ハクモクレンは花びら六枚と萼片（がくへん）三枚で九枚のように見える、と書いてあるのでそれで区別がつくらしいのだが、果たして私が気に入ったあの白い花はどちらか。

　ドキドキしながらその花の所へ行くと、花がぜんぶなくなっていて分からない。雨に緑の葉っぱがつやつや光っているだけであった。

　まあ来年確かめることができるので、楽しみがひとつ増えたなと思っていたのだが、あんまり花の図鑑を見ていたからだろうか、喫茶店の窓辺から眺める女たちの顔が、やたらと怖く見えた。

　私は急に何かをつかんだ気になって、ラブソングをたくさん作りたい衝動に駆られた。女と花の関係。男と女の、物語を。

MIKA

栗橋（くりはし）駅には初めて降りた。

目的地は、ライブインシアター栗橋。

駅前から電話して送迎車に来てもらう。庄屋の前で待っててください。五、六分待って、乗用車が目の前に停まる。後部座席にギターと荷物を押し込み、そのまま自分も乗り込む。

しばらく車は走り、車内のＢＧＭが浜崎あゆみだと気づく。埼玉の郊外が、さらに殺伐とした風景に見えてきた。

車は田んぼの真ん中を突っ切り、ようやく目的地にたどり着く。十分はかかっただろうか。受付で入場料を払い、ギターを預け、中に入ると入り口に人が立っている。まさかの満員立ち見だ。

荷物が邪魔なので席を探し、ひとつだけ空いていたそこに腰をおろし観劇。

ひとり目のステージが終わり、香盤表に目を通す。そうここはストリップ劇場。香盤表とは出演者表みたいなもので、そこで思わぬ名前を見つけた。ＭＩＫＡ。

ミカ　日ノ出町の劇場で
あなたは　その夜いちばん美しかった

ミカ　浜は自由の風を
あなた　まとって　楽しそうに踊って
いた

僕は一度だけ、ＭＩＫＡのステージを観たことがある。その日に「ミカ」という曲を書いたから当然覚えていた。ライブでは何度か歌ったが、今はギターのコードを思い出せなくて歌っていない。

久しぶりのＭＩＫＡのステージ。彼女は相変わらず綺麗だった。おそらくバレエをやっていたのだろう。バレリーナとしては、たぶん、芽が出なかったのだろうが、それはたまに出る癖、バレエの踊りの癖を見れば想像できた。ただ、ステージのデベソ、くるくる回るあの場所で寝そべって踊りだしたときの彼女は、美しい、という言葉をその日独り占めしているような、花も嫉妬するようななめらかさを見せた。これだよ、ＭＩＫＡ。

僕はステージが終わってポラロイド撮影の列に並んだ。自分の番が回ってきて感想を伝え、五百円渡し、一枚ポラを撮った。彼女は両手でハートを作ってくれた。

僕はフラッシュをパンと焚いた。

詩人になれなかった魚肉ソーセージ

郵便局に行って、切手をください、と言った。局員の女は親切だった。記念切手を見させてもらい、電車の切手がいくつかあった。興奮して思わず声が出てしまったが、女も、これ可愛いですよね、と言って喜んでいる様子で、電車好きなんです、とまで言った。僕は新幹線五十周年の切手を買い、魚肉ソーセージ好きですか、と女に聞いた。女は、はてな、という顔をしたが、僕がその場でオレンジのフィルムを丁寧にはがしていると、何かを理解したらしく、こちらで貼りましょうか、と言ってくれた。丁寧に断り、N700系の新幹線の切手を受け取ると、僕はぶるんっとしなった魚肉ソーセージに、それを貼った。

雨が降ると、女たちの肌色のストッキングに跳ねた水が、点、点と黒くなる。それを結ぶとちょうど何かの星座のようにみえた。

その夜、僕に本を書かないか、と言ってきた編集者と会った。僕はミュージシャンだし、本を作る時間があるなら歌を作らなければいけない。ありがたい話だったが断ろうと、焼き鳥屋でサシで飲みながら切り出そうとしていた。ただ、ひとつだけ、このタイトルにピンときたら、一緒に何かやれるかもしれない、とその温めてきた言葉をささやいてみた。

「詩人になれなかった魚肉ソーセージ」

編集者はポカンと口を開けて、前野さんそれどういう意味ですか、と笑ったが、僕は真剣だった。

家に帰ってポケットから切手を貼った魚肉ソーセージを取り出すと、魚肉は新幹線の形をしていて、もはやソーセージではなくなっていた。僕はあわてて眼鏡を外し、グラサンを掛けた、が遅かった。魚肉新幹線は時速二百七十キロの速さでグラサンを撃ち抜くと、八十二円分の距離で停まった。

僕はなんで詩人になりたかったかを、その時思い出した気がした。とりあえず腰に湿布を貼って、ギターを弾いた。秋の夜に、乾いた木のボディが弦に共鳴すると、確かに生きている木の音がした。

茶店の風景

朝方まで続いた録音作業が終わり、私はデータをメモリースティックに入れ、キンコーズへと向かった。二十分二百五十円でインターネットができるパソコンを借り、データを送る。曇り空の下、会社へ向かう人たちがパラパラと歩いている。朝の六時半。ひとまず区切りがついたので、コンビニでおにぎりやパンを買い込んで家に戻った。

私の家にはインターネットがないので、仕事があるたびに、このような行動を取ることになる。キンコーズ、ネットカフェ、Wi-Fiが飛んでいる飲食店。その度に金がかかるのだが、根がダラシナイ人間なので、家にはネットがない方がイイのだ。ついでにテレビもない。別に格好つけているわけではなく、理由はネット同様だ。相撲が観られないのは残念だが、ラジオで聴いている。どうしても観たい取り組みは、近所の電器屋のテレビか、飲み屋でだらーっと飲みながら観る。今年の夏は甲子園に興味を持ったので、歌舞伎町にある喫茶店まで自転車で何度かテレビを観に行った。アロハシャツに短パン、サンダル姿で初めてその店に入ったときのことは今でも覚えている。

奥のボックス席に明らかにその筋の人とわかる男（ひと）たち。カウンターの入り口寄りの席にはその子分といったところか、若い男がひとり。その若い男がまず、私が入って来るなり全身をくまなく見た。私は冷房の風よりも冷たい何かを感じた。ボックス席の男（ひと）たちは甲子園を観ながらマスターと選手の話なんかをしている。

誰がボスかはすぐに分かった。そのボスは常連の客に優しかった。パーマ屋のママの服装を褒めたり、近所の飲み屋の店主へ景気はどうですかと気遣ったり。だんだん店へ通ううちに、私は次第にそのボスに惹かれていった。

ある時、会社の社長らしき人とボスが歌の話をしていた。

「キヨシのズンドコはダメだね。やっぱりアキラのじゃなきゃ」

「ちあきはやっぱウマイね。今ああいうのがいないよな」

甲子園が終わって夏が終わって、しばらくその茶店から遠ざかっていたが、この前久しぶりに店に行くと、ボスは茶系のツイードでビシッとキメていた。周りの客には相変わらず丁寧な態度で、若い子分は相変わらず私を睨みつけていたが、なぜかやっぱり居心地の良い空間だった。いつかボスに届くような歌を書きたい。

ケンタとガブリエラの夏

「健太」という名前がこの個体にはついているわけですが、そんなに健康ではないのです。よく風邪はひきますし、昔は丈夫だった気がするのですが、インドで注射を打たれてから、あの時から、私は毛深くなったし、ヒゲも濃く、男性ホルモンが急増したような気がいたします。

あれは十九の夏ですから、もう十七年も前のことになります。

私はバラナシという町で出会ったガブリエラという二十六歳の美女と、ガンジス川に入って遊んでいました。水を掛け合ったり、そう、彼女の胸はたいへんふくよかでしたので、十九歳の私には大変まぶしかったと記憶しております。

その時に、犬が川面にぷかりと浮かんでゆっくり流れているのが見えました。私もガブも、しばし遊びをやめ、その犬を眺めていました。犬は生きているようには見えませんでした。

それからふたりは彼女の部屋に移動し、さっきの犬の話をし始めました。

「ケンタ、あの犬は、海に、辿り着くのでしょうか」

ガブリエラはゆっくり英語でそう私に問いかけました。――この時私は、このケンタという響きに実に健康的な何かを感じていました。

「ガブリエラ、あの犬は、海に行くか、わからない」

私はそう言いました。アイドンノウ。バット――

「しかし、僕たちふたりが、海に行って、あの犬の鳴きまねをして、大声で吠えたら、その時は、あの犬も、海を見たことに、ならないだろうか、ガブ」

私はその時、詩はもっとも尊いものだと信じていたので、そんなようなことを言いました。

それから海へ一緒に行きたかったのですが、私が高熱を出してしまったため急いで病院へ行かなければならなくなってしまいました。ガブは病院に行く前に、宿の前でギュッと私を抱きしめてくれました。その時の「ケンタ」という声は、やはりなおさら健康的な響きをもっているように感じられました。

注射を打ってから二日後、私は無事宿に戻りましたが、ガブリエラの姿はありませんでした。宿の主人から、彼女は旅立った、これを君にと言っていたよ、と一枚の絵葉書を受け取りました。

表には住所とメッセージが書いてあり、裏を見ると、象が交尾している写真がプリントされていました。

私は彼女の健康的な笑顔を思い出し、元気を取り戻し、インドの夏にさよならをしました。

フランソワーズ・アルディの生きている音楽

一番好きな歌手は誰ですか、と聞かれたら、僕は「フランソワーズ・アルディ」と答えたい。『ジャズ・オブ・パラダイス』という本を読みながら、今年の夏はジャズのCDを沢山買って聴いた。ずっと聴いていると歌が聴きたくなるので、歌のあるCDに切り替える。その時に聴きたくなるのがアルディだ。彼女の音楽に出会ったのはいつだったか。きっかけも覚えていないが、いつしかアルディは僕のフェイバリットな歌手になっていた。CDショップでは、最後に必ずアルディのコーナーを見てから帰る。持ってないものは買う。アルディは何年か前に大きな病気を患ったらしい。そのことも知らなかったくらい浅いファンなのだが、復帰してから出した作品を、最近はよく聴いている。

真っ赤なカバーで、白髪のアルディが腕を組んでこちらを見つめている。初めて聴いた時、ちょっと暗すぎて聴けなかったが、風邪をひいて寝ていたある日、窓からの光とこの音楽で、体が確実に甦っていくのを感じた。

アルディはライブ嫌いで有名で、本国フランスでもほとんどライブをしていない、と何かで読んだことがある。その代わりスタジオ作品に注ぐ熱量は、アルバムを聴けばわかるし、どのアルバムを聴いても丁寧に作られている印象がある。

最近はCDが売れない、というのはもうずっと十年くらい言われ続けてきて聞き飽きたけど、だからどうしたの、という気持ちもある。理由はいろいろあるだろうけど、ホントはいいアルバムが出てこないだけなのかもしれない。

アルディの「録音された」歌声は、抑制されてコントロールされて、マイクに向かっているけど、その「技巧」がスピーカーを通して僕の部屋の空気に混じると、アルディがそこにいて歌っているように感じられる。ようするにアルディは予期している。目の前のマイクにどのくらいの按配で歌を吹き込めば、再生した時により活き活きと歌が鳴るのか、ということを。

五十年近くも現役でアルバムを作り続けて、今も昔もイイというのはすごい。録音技術が変わり続けても、歌を伝えるために、したたかに、機械と向き合い、作り続けるアルディを僕は尊敬する。「生きている音楽」とは、決してライブだけのことをさすのではない。それをアルディのアルバムは教えてくれる。

ファイアー・ワルツ

カメヲくんという友達がいた。

カメヲくんは僕に珈琲の淹れ方を教えてくれた。彼の家で飲んだ珈琲はワインのような豊穣さがあった。驚いた。

それから彼はピアノ曲をステレオでかけはじめた。田中希代子、ディヌ・リパッティ、クララ・ハスキル。どれも知らない演奏家だったが、彼はこの演奏家たちを心から愛していた。彼らの肖像画を油絵で描き、キャンバスを自分の部屋に飾っていた。木の鍋ぶたをどこからか買ってきて、そこにも絵を描いていた。僕もコーヒーカップの絵をひとつ、もらったことがある。その絵は今も実家の玄関に飾ってある。親が気に入っている。

カメヲくんはよく笑った。僕が二十歳の頃付き合っていた恋人のことをとても気に入っていた。僕自身よりも、僕と恋人が一緒にいるのをとても喜んだ。すてきなふたり、という詩を書いて、君たちのことだよ、と後で教えてくれた。そんな風に、カメヲくんは周りの人たちを自分の詩に登場させた。素直な人だった。僕も、詩は、歌は、そういう身近な人への感情で、でき上がった、生まれたものが、いいと思うけど、なかなか作るのは難しい。どんどん難しくなる。「知り合い」が増えるからだろうか。

競馬の帰りに、電車から見える線路沿いの喫茶店に行く。カメヲくんが教えてくれた喫茶店だ。彼はそこのモカ・マタリが大好きだった。僕はその喫茶店のある街に住んでいた。その店で何度か会ってよく笑ったが、マスターとカメヲくんの楽しい会話はもう聞けない。カメヲくん亡くなったんですよ、とマスターに告げた。

カメヲくんが珈琲といっしょによく頼んでいたというケーキを出してもらう。名前はファイアー・ワルツ。正式なメニュー名ではなく、マスターが嘘をついてカメヲくんにそう教えたことから、ずっと彼はそれを信用して注文し続けていたらしい。

たまたまその時流れてたのがエリック・ドルフィーのファイアー・ワルツっていう曲だったから、とマスターは笑って教えてくれたが、僕らはさみしさの中にいて、外の街灯はしずかに街を照らしていた。僕は帰りにその曲が入ってるCDを買って帰った。

春の塔寺駅で

会津のばあちゃんが亡くなったよ、と母からメールが来た時、「面倒なことが起きたな」と瞬間思った。そのすぐ直後に、あ、なんかひどいな俺、といった感情が起こり、次の瞬間には「顔が見たい」という気持ちに変わった。ニンゲンの感情はメンドーだな。

通夜か告別式に出ればしばらく会っていなかった従兄弟たちにも会えるし、それはそれで一大イベントになるんだろうけど、ちょうどその日は九州でのライブツアーが重なっていた。なのでツアーに出る前日、会津へ向かうことにした。母とメールをして最寄りの駅が「塔寺（とうでら）」というところだと知る。そっか、そういう名前だったかもしれない。

新幹線で東京から郡山へ。郡山から磐越西線で会津若松へ。そこからさらに只見線というローカル線で塔寺へ。これで片道五時間以上かかる。朝出ても戻るのは夜だ。次の日には飛行機で大分へ行くことになっている。スタジオで練習もしなければいけない。ライブの前日はスタジオに入らないと気が済まない。それで「面倒なことが起きたな」という感情が湧いてしまったのか。キュークツな心だな。もっと大きくドンと構えていたい。

ただ郡山から乗った磐越西線。その車窓から見えた満開の桜には心がふくらんだ。四月も半ばなので東京はもう散っていたが、福島はまさに満開なのであった。福島って桜が似合うんだな、なんてぼんやり思っていたらいつの間にか眠っていて会津若松に着いていた。運良く、ピックアップに来ていた従兄弟の車に乗ることができ、ばあちゃんの家へ。太ってまんまるとしていた顔はすっかり痩せこけてしまい、十年以上会っていなかったがそれなりに溜め息は出た。線香をあげ、二時間ほど滞在し、帰りは塔寺目指して歩いた。

坂道を上って林の中を歩いていくとポツンと無人の駅があった。これが塔寺か。「熊出没注意」の張り紙は薄く色あせているがそれなりにパワーはあった。この駅で当時高校生だった母は、どんな気持ちで東京へ出ようと思ったのか。もやの中から小さい気動車が走ってくる。駅舎にトイレがなかったのでホームから林に向かって勢い良く立ち小便した。いつもよりさらに、我がムスコは小さく見えた。山あいは、まだこれから咲く桜でいっぱいだった。

続・自己陶酔亭

壁にかけられた一枚の色紙に目がとまった。

「いまはどこにも住んでいないの――隆一」

嗚呼、これは田村隆一のサインだ。私の直感は当たった。どこにも住んでいないの、って言ったって彼は鎌倉に住んでたじゃないですか。いや、これは横浜メリーって娼婦の言葉よ。店のママが教えてくれた。

最近行き始めたジャズ喫茶N。歌舞伎町のど真ん中にあって、堂々とジャズを大きな音で流している。風俗店が立ち並ぶ雑居ビルの二階。外からパーリラパーリラとユーロビートが薄く聴こえてくるが、それを煙たがっている様子もないこの店の態度に憧れる。

歌舞伎町ってのは戦前は原っぱよ。普通に家があったくらいで。賑やかだったのは靖国通りの向こう側ね。空襲の時は伊勢丹の地下に逃げたのよ。あんまり親は戦争の話してくれなかったけど。ちょうど戦争の時に私は生まれたのよ。

そんな話をしながら、これ誰だかわかる、と一曲かけてくる。アメイジング・グレイス。色っぽい男の歌声。わからないです。次きたらわかるわよ。いや、わからないです。プレスリーよ。


僕はプレスリーには関心がなかったが、ちょうど前の晩に読んでいた『深沢七郎外伝』という本に深沢がプレスリーを好んでいた、という話を目にして気になっていた。そういう風に数珠つなぎに、というか、向こうから迫ってくる時ってなんだろうと思う。歩み寄ったわけでもなく、何かが迫ってくる。音楽が鳴り続けている、ということなのだろうか。

家に帰って田村隆一のエッセイをパラパラめくっていると出てきた。この店のことだ。ママが教えてくれた通りだ。田村はママのお母さんがやっていた初代Nによく通っていたのだ。店の場所は違えど名前は一緒。生まれたばかりのママのことも書いてある。僕は興奮した。街の中で物語と現実が交錯して今に解き放たれたことに。

彼はNのことを「自己陶酔亭」とエッセイでは書いていた。

「新宿の裏通りに、小さな居酒屋があって、日本語に訳すと「自己陶酔亭」という屋号（この名訳は詩人の安西均）。その店にぼくは十七歳のときからかよっている」（田村隆一『ぼくの草競馬』集英社文庫）

広島一九九九・夏

二十歳の夏、広島へ向かいました。

当時私は写真をやっていたので、大量のフィルムをリュックに詰め、首から一眼レフを下げて旅に出ました。カメラはペンタックスのK2というカメラだったと思います。

八月六日の広島を歩き、夕暮れ時に平和記念公園で空の写真を撮っていました。すると、赤い髪をした女性が、フィルム分けてくれない、と声をかけてきました。多分私より少し年上の、バックパッカーというか、旅なれた感じの人でした。なぜ私がフィルムを大量に持っているのが分かったのか。その時、野球の観戦の音が聞こえていたような気がします。

私は、ああいいですよ、と言い、フィルムを一、二本あげたのでしょうか。しばらくお互い別のところで写真を撮っていると、またその人が、ねえお礼にお好み焼きでもおごるよ、と言ってきました。私は、ラッキー、と思ったのでしょうか、覚えていませんが、ふたりは夕闇の中、お好み焼き屋を探して歩き始めました。

それから街の中でお好み焼きを食べ（なぜかそこは割り勘になっていましたが）、店を出て歩いていると、その人が、宿取ってんの、取ってないんだったらシェアしない、と言ってきました。私は公園のベンチで野宿しようと思っていたので、別にいいですよ、と答えました。バックパッカーの人たちはこういうの普通なのかなと思ったので、旅なれていそうな彼女に従うことにしました。彼女はぐんぐん街中へ入って行き、ここでいっか、と言ってラブホテルへ入って行きました。私はだまって後についていきました。

部屋ではくつろいで旅の理由なんかをお互いしゃべった気がします。彼女は私が持っていた大江健三郎の『ヒロシマ・ノート』という本にえらく興味を持ったようで、それちょうだい、と言ってきました。私はまだ続きを読みたかったので（お好み焼きの一件もあったので）、まだ読みたいんすよ、と言って断りました。彼女渋い顔しましたが、ここは厳しくいこう、と思い、もう寝ることにしました。

しかし次の日、駅で別れて公園のベンチで続きを読もうと本を探しても見つかりません。彼女の方が貪欲だったのでしょうか。

ネガはなくしてしまいましたが、彼女の顔は今でもはっきりと覚えています。

六月の水沢

水沢には馬に会いに行った。

今年に入って競馬熱が急に出始めた。きっかけは『Get back,SUB!』という本だろう。堕ちていく男が競馬場で、自由の風に吹かれている、そんな光景に自分の姿を重ねたのか。私はたぶん、疲れていたのだろう。読み終わったその週末には中山競馬場へと足を運んでいた。

一月初旬の中山はとにかく寒かった。上下インナーを着て穿いても、首筋に入り込んでくる風は冷たかった。自由の風は鋭いものだった。久しぶりの競馬でまごまごして、馬券はうまく当てられなかった。それでも携帯の電源を切って競馬に集中していると、たしかに広い空と枯れた芝生を駆ける馬に、心は遠くへ行くようであった。

それから競馬の本をよく買うようになった。なかでも寺山修司と古井由吉のエッセイを読んでいると、競馬そのものよりも、競馬のエッセイが好きなのかもしれない、と思うようになった。なぜだろう。まあそのうち飽きるだろうと思っていたが、競馬の本と競馬場へ行く回数はどんどんと増えていった。

水沢はライブが盛岡であったので、その次の日に行けるように日程を調整した。いや、もしかしたら岩手競馬に行きたかったのでライブを組んだのかもしれなかった。だんだん、仕事と競馬との関係がねじれていく。でもそれでいいと思っている。歌を作って歌う職業なんて、どこかを旅して知らない町の風に吹かれていた方がいい時だってある。ギターが一本あれば、するっとその町に入り込んで歌だって作れる。

馬券の方はとんとダメだったが、その夜、水沢の町は面白かった。飲み屋とスナックとピンク店をハシゴして、山小屋という喫茶で深夜コーヒーをすすった。

ピンク店の相手が七十近いバアさんだったのには驚いたが、私を相手した後、そのバアさんを受付のジイさんがおそらく家まで送っていくその軽自動車とすれ違った時、私はあまりにも日常の続きにあるその夜の不思議さに、その車が視界から消えるまでずっと眺めてしまった。

あのジイさんとバアさんは夫婦だったのだろうか。夜の二時には、ほとんどの店は閉まっていた。

『遊郭の少年』

浦和には競馬を打ちに行く。帰りは駅前の立ち飲み屋で一杯やり、商店街の中にある古本屋に寄る。自分の人生は、これで完結してしまう。

夏は蟬の声を聞き、秋は鈴虫の音を、冬になればふくらはぎが寒いと言う。ふくらはぎは変換で「脹ら脛」とすんなり出るが、辞書（『和英併用角川実用国語辞典新装版』）を引くと「すねの後ろの肉のふくれた部分。こむら」とある。私はこの「こむら」という言葉を知らなかった。いい響きだ。そうやって人生に産毛のようなものを生やして少し満足して、また眠る。一晩眠ればそんなことはたいがい忘れてしまうのだが、いまだ尾を引いているのが、浦和のその古本屋で出会った『遊郭の少年』という本だ。

話は、遊郭の家に生まれた少年の目を通して描かれた戦時中の新宿の話なのだが、これが今自分が住んでいるあたりにドンピシャで重なってくるので、土地の霊というか、物語がまだ続いているような感覚に捕われてしまう。

現在の四丁目のあたりはなぜ「ドヤ街」のような雰囲気が少し残っているのか不思議だったが、この本を読むとなるほどとなる。あの辺は当時貧民窟だったらしい。これは小説の話なので実際はどうか分からないが、新宿高校の脇、タイムズスクエアへと抜ける道は時代から取り残されているようで、少し違う風が吹いている。私はこの本をカバンに入れて、新宿じゅうの喫茶店をハシゴしながら読んだ。真夏のうだるような日差しの中、何かに取り憑かれたように。この辻中剛という作者は今どこで何をしているのだろう。帯には大きく「今村昌平監督映画化を断念!」と書かれている。この本を原作として映画化を試みたが、一年の準備期間を経て製作中止となったらしい。理由は書かれていない。

戦前戦中と遊郭だった場所は、今は新宿二丁目と呼ばれ、週末ともなれば沢山の男たちで賑わう街となった。引っ越してきた当初はその雰囲気に馴染めなかったが、この本を読んでから、この街が持つ柔軟さ、懐の深さ、先鋭さ、をより感じるようになった。ひとりの少年を通して、なぜ二丁目が現在のような街へと変化を遂げたのかが描かれているが、なんとなくというよりは、桜の花びらがいっぺんに散ってしまうような情景。それが事実か虚構かは関係ない。こちらが今の街を歩いて想像すればいいだけの話である。残り香が漂っているうちに。

青春のお盆

八月十六日。土曜の夜だったが、盆休みなので街は静かだった。借りていたレンタルＤＶＤを返しに行き、歌舞伎町のいつものそば屋へ寄って、もりそばを食べる。カウンターの端っこで突っ伏して眠っている人がいる。いつもは周りの風俗店の店員さんたちで賑わっているけど、今日は見かけない。そばを食べ終わりそうになった時、赤いタンクトップの女の人が入ってきた。引き締まった体、たぶん踊りか何かをやっている人だろう。食券を店の人に渡し、私の前に座った。ちらっとその人の顔を見た。引き締まった顔。かっこいい。セルフそば湯を取りにいき、注文したものが来るまで、そば湯をすすっている。私もそろそろ食べ終わるのでそば湯を取りにいき、つゆをちょろっと垂らし、飲む。七味をちゃっとふって飲む。そこでその人が注文した天丼ともりそばのセットがコールされた。がっつり食うな。かっこいい。私は元気をもらったところで、自分の携帯番号とメールアドレスを書いてその人に渡して店を出た。

後日、知らないアドレスからメールが来た。そば屋で連絡先をいただいた者です。やけに丁寧なメールだったが、あの人が食べる前にちいさな声で、いただきます、と言ったのを私は聞き逃さなかった。だから丁寧なメールにはすぐにうなずけた。それから何度かメールを往復させ、夏のうちに海に行きませんか、という話になった。この人なら、一緒に海に行くだけで歌が出来そうだ、と思った。

約束の場所に彼女は大きな黒のボストンバッグを持ってやって来た。あの夜、そば屋で最初に見た時もそんなものを持っていたかもしれない。何が入っているか分からなかった。砂浜を歩いた。犬が走っている。彼女も犬を追いかけて走った。私は暮れてゆく空と海を眺めていた。歌なんてできなかった。私自身が歌になった時、もうそこには風だけしか吹いていなかった。キザでもなんでもなく、私は最近これに悩んでいる。

私が好きだったのは「歌」ではなく、「青春」だったのかもしれない。と。

お盆休みが明けて街に人が戻って来た。理由もなく、なんだか腹が立った。

この街に来た理由を思い出した。

ｗｈｅｎ

ホットワインが好きな女と、冬の街を歩くと、黒い薔薇もあるんだという気になってくる。コートに触れた時、夜のあたたかさを知った。

その昔、バイクで西の方へ向かって走ったことがあった。耳にイヤフォン突っ込んで音楽を聴きながら。

よく聴いたのはヴィンセント・ギャロの『ｗｈｅｎ』というアルバム。顔に風がぶち当たり、景色はよく流れた。

夜深い時間に小田原に着き、小田原城のベンチで寝た。かまぼこでもしゃぶりたかったが、コンビニのサンドイッチを食べたのかもしれない。ひどい旅だ。

少し雨が降っていた。四時頃には目が覚め、またバイクを走らせた。くねくねと海沿いを走った記憶がある。そして、いつの間にか着いたのが熱海だった。雨は上がっていたが、どんよりとした曇り空だった。砂浜にはゴミが散らばっていた。月曜日だったかもしれない。その辺にあった立て看板で、前夜花火大会があったことを知る。砂浜を少し歩いて海を眺めた。特に感傷に浸ることもなかった。

雲はさらに低くなり、どよんとした熱海の街は桃源郷のようだった。それに拍車をかけたのがギャロの音楽。だいぶ聴き込んだアルバムだったが、この熱海のどんよりとした風景が一番しっくりきてると思った。きっとギャロは熱海に来たことがある。ここで何か感じたはずだ。そんなことを考えながらバイクで海沿いを走り続けた。

ホットワインが好きな女のことを考えてたらなぜかギャロと熱海のことを思い出してしまった。

部屋にワインはない。コーヒーを淹れてブランデーをたらした。マッチで火をつけると青い炎がのぼった。ＣＤ棚から『ｗｈｅｎ』を取り出し久しぶりに流した。部屋でじっと聴くと、ずいぶん生真面目な、まっすぐな音が、体に入ってきて、もう熱海のことも女のことも、考えられなくなってしまった。

ちょっとブランデーを入れすぎて、これはたしか「カフェロワイヤル」。この飲み物とギャロの音楽は、合いすぎる。

心臓もとろんとしてきたのでまだ少し冷たい夜の街へ。と思って外へ出たら、生温い春の風が体にまとわりついてきた。春は苦手だが、あの女(ひと)は、どんな酒を飲むのだろうか。黒いコートはもう着ていないだろう。

街角の毛ガニ

真夜中のスーパーで口をパクパクさせている毛ガニ。地下食品売り場で、それをしばらく眺めていた。

パークハイアットの四十一階ラウンジで待っています。とメールが来たのは、ちょうど毛ガニを食べ終わった頃だった。私は以前区役所でもらった地図を見てパークハイアットを探した。ちょうど家の近くから新宿を巡回するコミュニティバスが出ていたので、それに乗って出かけることにした。

その日は久しぶりの雨で、乗客は私ともうひとり、初老の女性がいるだけだった。バスの上部が透明になっていたため、雨が降ってきて地面にぶつかるサマを、ちょうど下から眺められるような具合になった。雨はダイヤモンドのように弾けた。そして枯れ葉が一枚、ぺたりとくっついた。枯れ葉も一緒にパークハイアットまで走った。

パークハイアットの四十一階に着いて受付で自分の名前を告げると、席に案内された。久しぶりに会うその女は頬杖をついて、激しい雨がちょうど過ぎ去ったばかりの、まだどんよりとした空の下に広がる東京の街を眺めていた。家や、マンションや、ビルや、公園や、とにかく密集していて、遠くに薄く、山が見える。

彼女は僕を認識するとまっすぐ目を合わせた。これがこの人のやり方だ。騙されないぞ、と思っても吸い込まれて、欲しい、となってしまう。ただ最近は、神経が丈夫になったのか、惑わされなくなった。それと、部屋に戻ればプレスリーが待ってる、と思うと妙に落ち着くのだ。

彼女の誘いを断って、雨上がりの街を歩いて帰った。革靴をコトコト鳴らし、冬の街角で蕎麦をすすり、白い息を吐いて、また歩く。

スーパーに寄ってネギと豆腐と生姜を買った。売り場の隅には「本日空輸で到着」したばかりの毛ガニが、また口をパクパクさせていた。息を吹きかけると、ハサミをゆっくり動かした。

その夜、プレスリーは「テルミーホワイ？　オーホワイ？」と強く繰り返した。

乳白色の歌声

松坂慶子の歌声は乳白色だ。

映画『蒲田行進曲』を観た翌日、図書館で彼女のCDを見つけた。映画での彼女がとても良かったので、CDがあった時は嬉しかった。さっそく家に帰って聴いたが、じわーっと効いてきてヤラレた。

聴いていて、実は欲情してしまった。ベッドで横になりながら、危うく秘部に手が伸びそうになったが、音楽の神様に止められた。歌を聴いてこんな気持ちになったのは初めてだった。彼女のファンの間では実は有名な話なのかもしれないが、この絹のような歌声はアブナい。ずっとずっと聴いていられる声。もう何度リピートしたのだろう。次の日にはCD屋で購入して、自分だけの歌声を手に入れた。

僕は松坂慶子のことは何も知らないが、聴きながら学生時代によく遊んでいたHのことを思い出した。

Hとは写真部という部活で知り合い、意気投合し、よく遊んだ。一緒に写真を撮りに行ったり現像の秘技みたいなものを教え合ったり、お互いの作品に嫉妬したり、女は取り合わなかったが、お互いの彼女のことをなんとなく軽蔑していた、というか、俺たち以上の深い関係にはなれないさ、というような変な感情を持っていた気がする。そういえばHはよくふざけて自分のベッドの上で僕にちょっと本気で迫ってきたことが何度かあった。まあコトには至らなかったが、二十歳の頃の僕らは危うかった。僕は冗談と分かっていたがHはそっちに転がってもいい、と思っていたかもしれない。

そんなHはブルースが大好きで、よく部屋で爆音でCDをかけていたが、ある時ふと「マエノ、松坂慶子ヤバいぞ」と言ってきたことがあった。僕はアッそうなんだ、と返した程度だったが、もしあの時、僕が彼みたいに音にもっと敏感だったら、お互いドロドロの関係になっていたかもしれない。

人づてに聞いたが、今Hは南半球に暮らしているらしい。なんとなく分かる。今度松坂慶子を聴きながら日本酒でも飲み交わしたいが、たぶん話は合わないだろう。H、元気にしてるか。

横浜高校のアート・ブレイキー

新宿二丁目の端にある新宿公園に、季節外れのヒマワリが一輪咲いていた。夜中の一時半。小雨が降っていて、日付は変わって九月十八日。蝉は鳴いていない。鈴虫がりりりりと鳴いていて、大きなヒマワリは、オレは間違っていない、という態度で、咲いていた。

年々夏は短くなる。そう感じる。

今年は偶然、高校野球の予選を球場で見ることができた。横浜方面で仕事があり、飲んで帰れなくなったのでホテルに泊まった。するとフロントに、すぐそこの横浜球場で神奈川県予選の準決勝がやってますよ、と書いてあったので観ることができた、という経緯である。

球場に着くと横浜高校と桐光学園の試合中で、その熱気たるやスゴかった。一番驚いたのは横浜高校の応援団のドラム。反対側に座っていたので遠くてよく見えなかったが、横一列に並んでシンバル、ハイハット、スネア、スネア、バスドラだったか。五人がそれぞれ叩くと、まるでジャズドラマーのアート・ブレイキーが演奏しているかのような凄みだった。一見ダルそうに叩いているのがまたカッコよく、投げやりにシンバルをビシャッと叩く様なんかキマりすぎていた。当然マイクで拾っているはずなどなく、球場の造りで、音が反響してこっちまで生音のダイナミズムが迫ってくる。これを高校生の時、あるいは中学生の時浴びていたら、もしかしたらドラマーになりたい、と思っていたかもしれない。

アート・ブレイキー体験なんか最近で、昔ネスカフェのテレビコマーシャルで「モーニン」という曲が使われていたらしいが、意識することもなく。来日も何度もしていたらしいが、そんなのを観に行くような家庭環境でもなく。でも、あの応援団を生で観れる機会はあったかもしれない。そしたら歌よりもドラムに覚醒していた可能性はある。

甲子園で、テレビで、もう一度あの音が流れたら最高だろうなと思っていたが、横浜高校は予選の決勝で負けてしまった。相手は本大会で優勝することになる東海大相模。あのダルそうにビシャッとカッコいいドラムを叩く彼らは、どんな気分で決勝を戦ったのか。試合を観ることはできなかったが、「オレらは別にさ」という感じでバシャンバシャンやってくれてたんだろう。あいつら最高にクールだった。

ちあきなおみと荒木一郎と友川カズキ

ちあきなおみと荒木一郎がいない音楽業界には毒がない。と書き出したいつかのボツにした原稿が、形を変えて戻ってきた。

去る八月五日に急遽友川カズキさんのライブにゲスト出演することになった。高円寺ショーボートというライブハウスから連絡があったのはライブの二週間ほど前。これは何かある、と思い快諾した。ライブ当日は猛暑日で、ライブハウスに着いた時はすでに汗だくになっていた。先に友川さんのマネージャーの大関氏がいて挨拶、それから間もなく友川さんが来て挨拶。友川さんは四年前に共演した時とまったく同じように、大関くんまだ間に合うかな、と競輪の車券購入を頼んでいた。これがほぼ開口一番。友川さんはぶれていなかった。

それからセッションの打ち合わせをして、僕が横でエレキギターを弾くことになった。

曲は最近好きな「夢のラップをもういっちょ」をお願いした。競輪の曲で、滝沢正光という選手を讃えた歌。走ることのなんたるかを教えてくれる。競馬好きな自分にとっては、その好きな理由がこの歌の中に書かれているようで、聴くたびに思わず力が入る。

アンコールがきてその曲を演奏した。さらにアンコールが来たので友川さんがちあきなおみに提供した「夜へ急ぐ人」をリクエストした。コードが分かればなんとなくギター弾けます、と言い歌詞カードを大関氏から受け取ると、A4の紙がひらっと広がりA3になり隣にもうひとつ別の曲があった。荒木一郎の「梅の実」という曲だった。驚いた。大関氏の話では友川さんは荒木が好きでこの曲を一時期カバーしていたらしい。実は家にも偶然行ったことがあるという。打ち上げの席で友川さんからさらに詳しく聞かせてもらった。友川さんとちあきなおみが繋がっているのは知られた話だが、荒木一郎を好きだったというのは意外だった。

ちあきなおみは歌わなくなって何年経つのだろう。復活を待ち望む人は多いだろう。荒木一郎も表舞台には姿を現さないが、マジシャンとして活躍中というのはファンの間では有名だ。一年に一度年末だけマジックのパーティーで歌っている。昨年その姿を拝見したが、クールでイメージ通りアブナい感じがした。

ちあきなおみと荒木一郎と友川カズキを「毒」という言葉で繋ぐのはいささか強引なこ

となのかもしれないが、それ以外に言葉が見つからない。友川さんのステージを見たら、
きっとあなたにもその意味が伝わるだろう。

花が咲くよりも早く

花が咲くよりも早く、馬の体は春へ向かっているようだった。

まとまった仕事が終わり、久しぶりに大井競馬場へと赴いた。パドックで間近に見る馬たちは、まだふさふさとした冬の毛を生やしていた。最前列に行き、思い切り息を吸い込むと、ぶわあっと馬のにおいが体の中を巡った。冬の空には馬よりも重たい飛行機が飛んでいた。

暦の上では「寒(かん)」が終わり「立春(りっしゅん)」も過ぎていたが、この日はこの冬一番の冷え込みだったのではないだろうか。

最終レースは「早春特別」という名前だった。馬券は外し、財布はだいぶ軽くなった。向こう正面では、穴をあけた本橋孝太騎手が天を仰いでガッツポーズをしていた。勝ったのはサンドフレイバーという馬だった。砂のかおり。そういえば、南関東の地方競馬場のダートコースは、青森県六ヶ所村の砂を使っていると聞いたことがある。採掘場はどんな風景なのだろうか。

大井町駅まで無料バスで行き、そこから東急大井町線に乗った。初めて乗る大井町線はのんびりしていて、どこか乗客も上品な感じがした。十七時十五分発の車内は、通勤通学買い物客といろいろな人たちが乗っていた。各駅停車だったので空席も多く、私はシートに腰掛けた。すると間もなく、おそらくホームレスだと思われるおじさんが、ぶつぶつ何か言いながら、私の隣に腰掛けた。おじさんはかなりの異臭を放っていて、周りの乗客は彼から離れた。そのにおいは一瞬「動物的だ」と感じたが、犬や猫や馬とは少し違っていた。懐かしいにおいが混ざっていて、それが駄菓子の甘さと気づいたのは、しばらく電車が走ってからのことだった。

おじさんはぶつぶつ言い続けていたが、ようく聞くと、言葉はハッキリしていた。

氷はぽきっと折れてしまった。

と二度続けて言ったかと思うと突然、目の前を通り過ぎようとした男子高校生に向かっ

て、

きみ！　サイダーが飲みたいんだが！
どこに売ってるんだサイダーは！

と怒鳴った。高校生はイヤフォンをしていたのでまったく聞いていなかったが、私はこいつは詩人じゃないか、と思った。
彼は大岡山で降りていったが、電車は彼のにおいをほのか乗せて、走り続けた。

II

アパート

六年近く住んだアパートは千草荘という名前だった。

アパートにも名前はある。部屋は二階だったが部屋番号はなぜか五十八だった。同じく二階の六十号室には森さんという老紳士が住んでおられた。僕が引越を決意する三ヶ月程前に部屋で亡くなってしまった。大家さんなどが発見した時すでに死後四日経っていた。

僕は森さんのことが好きだった。おしゃれに気を使い、毎朝（たぶん）静かに散歩に出かける姿がなんともかっこよかった。そんな森さんが亡くなってしまい、お気に入りのゲーセンもつぶれ、毎日半額のラーメン屋もつぶれ、しまいには生活必需であるコインシャワーもつぶれた。六十八歳の老人が東京のアパートでひとり暮らし、ひとり死んでいく、ということ。

季節は二月半ば、梅の花が夜に咲いていた。僕はその花に顔を近づけて匂いをかぐ。静まり返った夜に青年がひとり、路地の角に浮かび上がる梅の樹ににじりより花の匂いをかぐ、ということ。巨大な都市の片隅で、あるいは東京の中心で、こうした無数の物語が、風のように、誰かの物語に出会っては音を出し、旅をしている。

僕がそのアパートに越したのは二十歳の時。埼玉の実家から都内の学校に通っていたがなんかつまらないと思っていたのでひとり暮らしすることにしたのだ。優柔不断な僕は当時付き合っていた彼女とアパート探しをすることにした。彼女はお金持ちのお嬢さんだったけど、僕が希望する風呂なしアパートをおもしろがってくれた。何軒かの不動産屋をまわりなんとか決まったアパートに実家から荷物を運び、僕は東京の人になった。

厚木でひとり暮らしする彼女とはそれから仲良くなった。お互いひとり暮らしなので急速になんかこう心が通い始めたのだろうか。会う回数も増え、それからしばらくして彼女は僕の住む街に引っ越してきた。僕らはもう他人同士ではなくなっていた。その頃から歌を作り始めた僕であったが、その彼女と別れてからのほうが歌を作るスピードが断然速くなった。

学生も終わりアルバイトしながらの人生はいたずらに季節を駆け巡り、いつの間にか三年も経っていた。僕は焦った。計画性のない絶望と希望と勃起だけの人間が焦るのはあたりまえだった。体はダニに蝕まれ、精神は衰弱し、一年の半分くらいは風邪をひくような人間になっていた。

そんなアパート六年目の生活に森さんの死や街の変化が訪れた。僕はいい機会だと思ったのでひと区切りつけるためにアパートでライブをしてこの環境からおさらばすることにした。ライブには友人らが十人ほど集まってくれて暑い中歌を聴いてくれた。僕はその歌たちが出来た頃の気持ちに触れながらギターを弾き歌を歌った。歌と僕と部屋がごちゃごちゃになってよく分からない空気になったが二時間ほどでライブも無事に終わり、その日のカンパで集まったお金でピザをとってみんなでピザを食べてさよならをした。みんなどういう気持ちで歌を聴いてピザを食べて帰っていったのだろう。青年くらいのゴキブリが素早い動きで部屋を駆けていった。

詩のような　1

存在

疲れているのか。ぼけているのか。幻なのか。手をつないでもつながらないものがある。
それがあるから存在は美しいのか。

（2006.05.31）

風邪と紫陽花

風邪は悪化した。早退させてもらいスーパーに行って買い物をして今から風邪が治るうどんを作って食べようと思っています。ネギをたくさん入れて煮込んで卵おとして食べるだけです。あとは厚着して毛布とか布団かぶって首にタオル巻いて冷えピタ貼って汗かきまくってポカリ飲みまくるだけ。バナナ食って。

街中で紫陽花を見かけるようになった。本当に美しい。美しいね。そう紫陽花に声をかけることが自分にとっても嬉しいこと。ぼわんぼわんとこれからさらに大きくなって雨が降って、静かに喫茶店などで大切な人のことをノートに書いて、それが静かに歌になっていけばいい。

(06.06)

スーパーカブ

とにかくバイクを走らせて歌を作りに行こう。

(07.03)

ただの風

「友達じゃがまんできないよ」という歌を昨日深夜の公園でつくった。バンド向きではないのでソロのライブで今度やろうと思う。ギターでもウクレレでもないギタレレというちいさな楽器を鳴らした。

喜んでくれる人がいた。哀しんでバイバイをした。哀しい存在の自分をもういちど見つめた。見つめるふりをしてヘッドホンをして音楽を流して、哀しい演技をした。ふりが上手になった。

器用貧乏と言われ続けた少年は小さくバランスを保って今大きな体でもじもじ歩いているが下はマグマでもピラニアのいる河でもない。

自分に愛はないと思う。恋は美しい。純粋に、人と人が惹かれ合って、くっついて、離れる。肉が千切れる。

その間を行くのはただの風。ただの時ではなく、まだ漂っている。


(07.04)

甘い音

部屋がもう無理だと思ったので、昔使っていたエアコン（窓枠に取り付けるやつ。やたらと重い）を引っ張り出して装着した。けっこう時間がかかってしまった。作業中汗だくで気持ち良かった。部屋も机の位置など配置を全体的に変えて夏モードにした。

先日買ったマチュー・ボガートというシンガー・ソングライターのCDをずっと流していた。途中、借りているエレキギターをアンプにつないで音を出してセッションしてみた。借りているエレキギターは安物とは思えないほど甘い音を出した。とても相性がいい。ずっと音を出していたい気持ちにさせてくれた。甘い音を出す女とは、たまに会うくらいの方が良いのかもしれませんね。

(07.14)

図書館の詩集

バイトが終わってからバスに乗って大きな図書館に向かった。図書館はすごく綺麗で、ガラス張りの大きな窓の向こうには森が茂り、紫色の夜と雨が静かに進行していた。詩のコーナーで読んだことのない田村隆一の詩集と、黒田三郎、茨木のり子、友部正人、などの詩集をひっこ抜いて窓際の椅子に腰掛けぱらぱらとめくった。『1999』という田村隆一の詩集がずば抜けて良かった。自分の身体にしっくりきて嬉しかった。

しばらく忘れていた感覚が蘇り(よみがえり)、それはひとりで世界と遊ぶという今もっとも自分に欠けているものだった。

(07.17)

地下鉄の電車の中で

ビデオやDVDを見やすい配置にしたので、部屋でさっそく映画を観た。エド・ハリスの『ポロック』という映画。

画家、芸術家のつくりたいという欲求。つくりたい、とはいったいどういうことなのだろうか。映画を観終わって、俺もつくりたいと。
地下鉄の電車の中で、花束の匂いを静かにかいでいる青年がいた。彼は肩からサックスのケースをぶら下げていた。彼の音楽が聴いてみたいと思った。知らない男の夢の音楽。愛情。

(07.18)

区民プール

潜水で二十五メートル泳げた。クジラはゆったり泳いでいた。

(07.19)

雨の一日

隣町の喫茶店。すばらしいマッチを手に入れる。
雨のバスは贅沢な旅。ゴールドスタジオで自宅録音。カップラーメンを食べながら、名曲喫茶でデジタルカメラ。コンビニでアイスクリーム。釣ったばかりの魚は歌う。病院にいる友達に、この素晴らしい音楽を届けに行こう。

(07.21)

夏の一日

昨日は西麻布でライブだった。

最高に真夏日だったので、リハが終わってからぶらぶら散歩した。しばらく歩いたところに林のようなものがあり、低いフェンスをまたいで入っていくと緑で生い茂った小さな公園のようなものがあり、そこには景色になった人がいて大きな樹の木陰に腰かけじっと僕のことを見ていた。

思い切り鳴く蝉は鳴くことしかできないから全身で鳴いていた。上半身裸の男たちが汗をかきながらグランドでサッカーをしていた。林は森へと続き小さな石段を登っていくと蝉の声はさらに大きくなり、目を瞑ってその声を体で浴びた。

懐かしい記憶と新しい興奮で俺は生きていて良かった、と思った。蝉の抜け殻を葉っぱからはがしてその抜け殻を眺めたり自分の天然アフロ状態の髪の毛の中に入れて遊んだりした。蝉の脱皮行為をうらやましく思いながら俺も進化したいと。

終わってから打ち上げで行った中華料理店の料理がめちゃくちゃ美味かった。酒を飲み話しそのまま終電を逃し、あぶれてしまった男四人は青山霊園で夜の蝉の合唱を聞き、蚊に刺されまくり、気づけば謎の階段で眠っていた。変なパワーを吸収した日曜日だった。

西麻布は猫のたくさんいる町だった。すらーっとした美しい猫もいれば汚れて目やにがたまっている猫もいた。猫がたくさんいる町は好きだ。

(08.07)

江ノ電の葉書

人の愛情に鈍感で、いや、敏感だけれども抱きしめようとしない。

自分自身、愛情が薄いやつだと思う。今日観た映画『ゲルマニウムの夜』は好きになれなかったけど、自分の嫌な部分の方が映画の中で感じた嫌だなと思う部分より危ないのではないだろうかと思った。

デジカメを持って出かけていたので写真をたくさん撮った。水たまりをたくさん撮った。水たまりに映る空、街。

コーヒー豆を買った。アメ横で五十円の靴を買った。赤いラインの入ったとてもかっこいい靴だ。たこ焼き食べた。

電車に乗って家に帰ってパソコンいじっていたら昨日会ったKさんが日記で俺のことを書いていた。けなして、挑発して、ペッて感じで書かれていた。

体の内側から熱い塊がうごめき始めた。こんな感情は久しぶりだ。腹立たしいのと、むかつくのと、喜びと。ああ俺は全部言い訳しようとしていたんだ。誰かのせいにしたり、誰かの素直な愛情を受けて受けないふりをしたり。ごまかすことが、逃げることが、利口じゃないかと思うように自分を仕向けたり。

いったい何をしているんだろうと。何をしていたんだろうと。その文章をプリントアウトして部屋の壁に貼った。この感情を忘れないために。

部屋を掃除して、モジリアーニのでかい画集から三枚、好きな絵を切りはがして壁に貼った。そんな顔で俺を見ないでくれ。いや、もっと見てくれ。見てください。

歌は今夜ものすごい速度で俺の部屋に向かっている。妖精の踊りを注意して眺めて、ギターの弦を張り替えて、明日、生きたい。十八歳のような気持ちが有効だとは思わないけれど、二十七歳の今の気持ちが何よりも正しい。ファック。

郵便。遠い外国から便りをくれた友人ありがとう。江ノ電の葉書を飛行機に乗せる。

(08.09)

山の行い

山奥の喫茶店で猿の親子と話しをした。相談に乗ったわけではなく。でも、母猿は口の辺りを怪我しているようで怒っていた。

山のリズム。川にとっての時間。都市の人。
イワナかヤマメかを焼いている家族を眺めながら冷やし山菜そばを食べた。車を止めて、静かな山の行いを眺めていた。車から降りて山の空気を吸い、冷たい川の水で顔を洗い、木陰に隠れ、葉っぱに白濁の情念をぶちまけた。むなしく、僕、というひとつの個体は移動し続ける。川は流れなのか。

(08.22)

こころ

映画を観に行く。ツァイ・ミンリャンの『楽日』という映画。雨やトイレが良かった。けど、自分のこころに脂肪がついてしまっているので潤いは途中でせき止められて、中の方にはなかなか浸透してこない。内側からあふれ出てこない。
ブックファーストで立ち読みして、スタバで歌をつくる。ぜんぜんだめ。

(09.05)

感泣さんの歌

内海感泣（うちうみかんな）さんの歌を聴いている。内海感泣さんとは以前一緒に〝ちなちなぱいぽ〟というバンドをやっていた。ちなちなぱいぽはライブを二回やって解散してしまった。僕が勝手に抜けると言ってごちゃごちゃにして解散させてしまったのだ。

そして今、久しぶりに感泣さんの歌を聴いて、やっぱり素晴らしいシンガーだなと聴き惚れている。体とギターと歌と声が全部一緒。風みたいな。景色のような。

もう一緒にやることはないだろうけど、このCD - Rはこれからも何度か聴くだろう。そうやって本人と関係なくなったモノは、モノとして優しく存在してくれてありがたいと思う。

明日は日曜日なのに働かなきゃいけないのか。酒飲んで眠りたいな。

(09.09)

LET'S GET IT ON!

マーヴィン・ゲイのライブ盤を朝、マクドナルドの窓の外を眺めハンバーガーに食らいついている妊婦を眺めながら聴いた。マーヴィン・ゲイの歌に酔いしれ、発狂すれすれの女性の悲鳴声。レッゲリノン。LET'S GET IT ON!

たまった洗濯物を洗濯機にぶち込んで、歯医者行ってすごく天気が良くて、腐りかけたネギを肉と一緒に炒めてご飯食べて、マルチビタミン野菜生活飲み込んで、ご飯炊いてサランラップして。
バディ・ガイのビデオ、すげえギター弾いている。エロティックで、音楽が人間を超える瞬間。音S級。バディ・ガイ。バクシーシ山下「ひとり暮らし」の女たち。いいAV。悲しくなって元気が出た。これから練習。『金子さんの戦争』という本を読んでいる。

（09.28）

父のジャケット

父親の命日。バイトが終わってからいったん部屋に戻り、電車で実家へ。兄が来ていた。母親と三人で飯を食い他愛もない話をして、線香あげて終電で帰ってきた。いらないもん整理してるから欲しいのあったら持ってってと、もらってきた父親のジャケットはかなりしぶく、着ると少し大きくて、鏡に映る自分がまだ子供であるような気がして、少し微笑ましかった。来月は兄の結婚式だ。

（10.03）

珈琲の季節

先日スターバックスの大きなマグカップをいただいた。前から欲しかったのでとても嬉しい。久しぶりに豆をごきごき挽いて珈琲を淹れた。かなり濃かったので牛乳をたっぷり注いだ。

人間てどんどん変わってゆくものなんだろうか。まったく変わらないものなんだろうか。

彼の病気が早く良くなってまた思い切り誰かの悪口を言って笑い合ったり、美味い珈琲を一緒に飲んだり、ナポリタンについて話したりしたい。早く良くなってくれ。

真心を持って人に接したい。厳しさと真心を持って。

今日は大切な言葉をいただいた。メールだって、十分その人の気持ちが伝わることだってある。

（10.11）

さむつらす

先日のUFO CLUBのさむつらすライブに来てくれたみなさん、本当にどうもありがとう。〝さむつらす〟はこのライブをもって活動休止状態に入ります。このメンバー四人でもう一度ステージに上がりたい、音楽を作りたい、と今は思っていません。

残念だ。何考えてんだ。もったいない。いろんな方々から温かい気持ちのこもった言葉をいただいて正直とても嬉しかったし、俺の考えは間違っているのかな、とも思いました。けど、今は止むを得ないというか、これしかないといった気持ちでの決断です。

これからどうなっていくのかわかりません。生活があってご飯食べて、歌を作って、またライブもするだろうと思います。録音物も早く作りたいです。それくらいしかやることがありません。

さむつらすのライブで喜んでくれたり、涙してくれたり、笑ってくれたり、その確かにあった瞬間に感謝しています。その力を受け取ってどんどん大きくなれるぞと思ったし、皆それぞれパワーアップしたと思います。さむつらすのことを愛してくれている方々に、ごめんなさい。ありがとう。ごめんなさい。

(10.18)

モディリアーニとミロの絵

今年もあと二ヶ月です。金はない。でも、最近は現実を抱きしめています。少し強く。ジョージ・ハリスンやベルベット・アンダーグラウンドを聴き直しています。借りた物をパソコンに入れアイポッドにぶち込み、バイクに乗りながら。

モディリアーニとミロの絵画を渋谷の文化村で観ました。ふたりとも大好きですが、昨日は特にミロの作品に強く惹かれました。ミロはちっちゃな人間の営みと広大な宇宙の営みを、同時にキャンバスに描きます。そこには、かわいらしさと悲しみと怖さや大きなうねりや輝きや嘘でない優しさ（と私は感じています）が、同時進行で描かれています。ミロの絵画の前ではつい足が止まってしまう。

絵画作品というものは近づいてじっくり眺めると絵の具がでこぼこ塗ってあったり、細い鉛筆の動きや消した線の跡なども見えて、その人の動き、確かにその人が書いたんだという事実が、手紙のように思えました。

パリで何十年も前に描いていた気持ち、手紙を、二〇〇六年東京、渋谷で、受け取って読むことができて、感動しました。モディリアーニはそんなこと知らないかもしれないけれど、歌う時、少し意識を変えてみたいと思いました。

（10.21）

街の秋

季節は停滞しながらもゆっくり坂道を転げ落ちていく。冬へ。落ち葉を踏みながら歩く。空は青く、時が止まった公園で、缶珈琲を飲もう。

（10.31）

夜の大通り

とても素敵なイベントに行ってきて、心がふくらんだ。

お茶の水、神保町。夜の大通りは車がまばらで道が綺麗で、終わってからスターバックスでぼーっと車や通行人を眺めていた。最近こういう時間に浸っていなかったので気持ち良かった。

手ぶらだったので店の人からボールペンを借りて歌を書いた。自分の現状を書いて少し整理がついた。

ジョニ・ミッチェルの音は耳に痛くてちょっと大げさだった。バイクに乗りながら聴くにはブリジット・セント・ジョン。たまらなく気持ち良い。


（11.21）

新しい冬に

夜、風呂から上がって火照った体に服を着せ、ベランダに行き、ぱらぱら雨の降るバス通りを眺めていた。

車が走り、バスが停まり、自転車に乗った若いふたりがゆっくり通りすぎ、コートを着た女がマンションに入っていく。雨は静かに降り、道を染めていく。

ひんやりとした澄んだ夜の空気。また当たり前に新しい冬が来たんだなと思う。愛国心を語る人々の中に、「日本の四季を愛しているから愛国心を持つのは当然だ」と言う人がいる。なんだか一瞬、そうか、四季、好きだよなと思ってしまう。けど、たまたまこの場所がこの地形でこういう気候だったってだけで、誰かが風景を作ったということではない。ずっと昔から人間の営みに関係なく、季節は巡っていただろうし、自然が破壊され続けてもなお、ただ季節は巡る。樹や草がほとんどない灰色の街でも、空が青かったり、風は気持ち良かったりする。

（11.23）

金と

約一ヶ月何も書いていないけど、毎日がありました。毎日、金と自分との二足歩行。

（12.22）

グラスの音

昨日はライブ、歌いまくった。ゲストの関東平野を間に挟んでの三部構成。こうしてコクテイル書房でまた年末にライブができるというのはとても嬉しいことであり、常に試されているようでもある。

ギターは優秀なやつで、優しく爪弾けば色っぽい音を出し、がんがんリズムを刻み込めば跳ね上がるような音を出してくれる。ギターと一緒に思い切りやれた感じがとても楽しかった。ライブが終って店長の狩野さんがワインをグラスに入れて持って来て、「乾杯しよう」と言ってくれた。グラスをチーンとやった時の音がなんとも言えなかった。ささやかに確実な瞬間だった。

ひとりでは何もできなくて、いろいろな方に支えられて、だからこそ燃やさなければならないと思う。

（12.31）

詩のような　2

午後五時、冬の東京

冬の景色を吸い込んで、冬の色を吸い込んで、冬の音を吸い込んで、午後五時の東京は信じられないくらい透き通っていた。
仕事中ちょろっと外に出て、ぼーぼーいう冷たい風のなか、思い切り背筋を伸ばして、西の空を遠くに見つめた。働いている建物は川沿いにあり、鼻ですーすーにおいを探ったら、その川からは海のにおいがした。魚のにおいもした。それはまぎれもなく下水であるのだけど、体が喜んだ。もう一度背筋をぐぐーっと伸ばして、西の空をちら見して、建物の中に戻った。

（2007.01.07）

星の生活

歌って終って食事してバイクで走って帰ってきて、マンションの階段を昇る途中、ふと夜空を見上げると、星がぱらぱらと散っている。

真っ黒な天井に針で穴を開けたように、光がちかちかとこぼれている。

小さな星。私の生活。

(01.18)

積もった夜

友人からもらった台湾土産の紅茶を丁寧に淹れ、ゆっくりソファにもたれかかって新聞をめくり、いただき物のクロワッサンを焼いて食べる。

ゆっくり眼をつむり落ち着かせることで判断力がアップする。アップしても電話が鳴ったりいたずらメールが来たり、いつの間にかだらだらしてしまい、気がついたらもうずいぶんと夜は積もっている。

音楽を消して夜の深さを感じようとしても、パソコンのうなる音しか聞こえない。バイクが走る。

(02.22)

二十四時間ふぐ

江東区にある自動車運転試験場へ免許の更新に行った。終ってから最寄り駅の東陽町を散歩して、門前仲町まで歩いた。川を眺めたり鳥を見たり、ふぐ料理の店の軒下にある水槽で泳ぐふぐを見たり。ふぐはお腹が白くて綺麗だった。こいつらもみんな食われちまうんだなと思った。口をパクパクさせてなんか言っているようでもあった。夜になって駅の近くのモスに入って歌を探したけど歌はどこにも落ちていなかった。

深川不動では手を合わせて祈っている人がいた。近くの肉屋でコロッケを買って食べた。夜遅くまでやってる喫茶店があればいいんだけど、そういう気の利いたものが近所にないく、駅近くの二十四時間マックへ。二階の窓側の席がとても居心地が良かった。

串田孫一の『考えることについて』という文庫本をぱらぱらめくって、この人の文章はほんと好きだなあと思ってたら、二十分もしないうちに飽きてきたので歌を探し始めた。ゲンスブールとチャゲアスを聴いたら急に湧き出てくるものがあって、「愛〜きみを利用した〜」という新曲ができた。これは久しぶりに重量級のラブソングになる予感がする。

「歌は何も告白でなければならないというのではありません。それは、表現することのできることならば何を表現してもよいはずです。しかし表現のうまい拙いは別として、表現されたものと表現しようとする心とに喰いちがいがあっては、どうも面白くないようです」（串田孫一『考えることについて』「嘘について」）

（02.27）

池袋の文芸坐

仕事が月曜日休みなので美術館はほとんど行けない。洗い物や部屋の掃除などをして映画を観に行こうとネットで検索。ラピュタ阿佐ヶ谷か文芸坐（現・新文芸坐）で迷って結局文芸坐へ。

今日は「二枚目俳優池部良の魅力のすべて」というタイトルで二本立て。松本清張原作の『けものみち』と『黒い画集第二話〜寒流〜』という作品。一九六〇年代の日本の風景と時代の気分も面白かったけど、主人公の女性の美しさと色気にいちいち反応してニヤついてしまった。平日の昼、文芸坐は今日も満席だった。男子トイレが混んで並ぶのも文芸坐ならでは。映画を楽しみにやってくる人たちを見ているだけでも楽しくなる。

映画が終って外に出ると街はもう夜になっていた。劇中ラーメンを食うシーンが出てきてむしょうにラーメンが食べたくなった。近くのラーメン屋に入って食ったのだがあまりうまくなかった。

駅と反対の方向に歩きモスに入った。店内は閑散としており、禁煙の三階にはカードゲームしているふたりと携帯電話で話している女性しかいなく、薄汚れたそのフロアは塾の教室みたいだった。

手帳を眺めたり本を読んだりして窓の外を眺めると、雨が強くなっていた。書くことも読むものもなくなったので、外に出ると雨が横殴りになってきたので急いで帰ろうとバス停に向かった。

池袋から家の近くまで本数は少ないけど出ているバスを待った。iPodを家に忘れたので、バスの運転手のギアを変える動作を見つめたり外を眺めたりしていたら、三十分くらいで停留所に着いた。バスから降りると、少しあたたかい空気が漂い、雨は止んでいた。

空を見上げると固まった白い雲はもうあっちに飛んでいき、星がぱらぱら瞬いている夜の空に変わっていた。ついに春が来たんだなと思った。明日も平和でありますように。

(03.05)

春

たっぷりと光を浴びた日常はなんだか熱っぽい。

(05.04)

自己嫌悪の朝

銭を稼ぐことに一日のほとんどがつぎ込まれていく。

これじゃいかんと思いながらも、飯つくってテレビ観たらごろんと眠ってしまった。朝早くに目が覚めたら自己嫌悪に陥って、それでもＧＹＡＯ！の無料動画でアイドルの番組を観ていた。朝の光と風がとても気持ちいい。

もういちど、十八や二十二の頃の気持ちを思い出してみようや。

(06.08)

夏の朝は旅の色をしている

夏の朝は旅だ。僕らの街の上でゆっくり溶けていく空。

十年前、インドに行くために深夜の工場のバイトで働いていた時、よく見た夜から朝へのあの空。夏の朝は旅の色をしている。

深夜の高円寺。ライブの後、ロックが大好きな青年Ｓくんと夜の最後の瞬間まで語り合った。バイクで帰る時には、遠くにこぼれる朝が見えた。これを見ていたい、と思った。(06.13)

空き地

今日はいつもと違う道をバイクで走って帰ってきた。途中緑の生い茂る空き地からむわっと夏草の匂いがした。カマキリを捕まえていた頃の夏の空き地の匂いがした。あれから二十年くらい経って、まったく違う自分とまったく変わらない自分がここにいる。

(06.26)

二〇〇七年七月六日

嫌われないいように毎日を生きている。

(07.06)

十八の夏

十八の夏、浪人生の私は、受験勉強をあきらめ奥日光へとバイク(原付)を走らせた。途中、夏の息吹をふくんだ自然に、体とバイクと速度が溶けていった。奥日光では奥日光高原ホテルというところで住み込みのバイトをした。寮は一部屋与えられた。毎朝早く起き、昼は高原で寝そべってウォークマンで音楽を聴いたり、そこらへバイクを走らせたりして、夜また仕事をした。名前を忘れてしまったあの優しかった二十五歳のお兄さん。飼っていた小鳥のピーちゃんはもう死んでしまったろうか。名前を忘れてしまったあの十六歳の少年。改造したバイクがかっこ良かったけど、今何をやっているんだろうか。今から山を攻めてくるとバイクで走り、事故って顔面に擦り傷をつくって帰って来たり。あいつかっこ良かったな。みんなもちろん顔は覚えているよ。

ロマンスカーに乗って
18歳のぼくに会いにいこう
18歳のぼくは怖い顔して
こっちを睨んで　街へと消えていった

どこに行くの　どこに行くの　ここにいる

前野健太「ロマンスカー」

今日は浪人生の街、代々木でライブ。十八歳の自分と二十八歳の今を。

(07.16)

甲州街道

夜、ピースミュージックでマスタリング作業。狩生さんとつくってきた音を中村宗一郎さんに託す。

作業は淡々と確実に進み、あっという間に終った。夜の十二時、ポツリと降ってくる雨の中、やっと終ったという開放感と、二枚目をつくり始めるぞという妙な気合が入り混じった心と体でバイクにまたがり、甲州街道を東へと走った。

昔住んでいた明大前辺りに差しかかり、何度も通った道だなと、走りながらいろいろなことを思い出した。

道がぐうっと高くなる所で夜の新宿の高層ビル群が遠くに見えた。この景色も何度も見てるけど、今日は少しだけ綺麗に見えた。

(07.20)

ホンダスーパーカブ・カスタム

バイクが壊れてしまった。

もう直らないくらい重症らしい。朝方帰ってくる途中、居眠りしながらバイクにまたがって、何回かトラックに轢(ひ)かれそうになって走っていたら、途中でいきなりエンジンがカタッと止まってしまった。結局押して帰って来てバイク屋に持っていったら、「エンジンが焼きついちゃってますね」と言われた。アルバム完成目前にしてバイクがぶっ壊れてしまった。直すなら新しいのを買った方がいいと言われた。そのくらいの重症。

このホンダカブは、埼玉に住んでいた頃、上京する直前に買ったもので、もう八年くらいの付き合いになる。世田谷に住んでいた頃、毎日乗っていたし、一緒に仙台、岩手まで行ったこともある。去年は伊豆まで一緒に行った。

好きな人に会いに行く時はもちろんこいつにまたがって行ったし、歌に出てくるバイクは全部こいつだ。自分の不摂生がこいつを故障に追いやってしまった。申し訳ないことをした。四万キロ近く一緒に走った。

バイクに乗りながら聴く音楽は何よりも贅沢で、それだけで幸せだなと思う瞬間は数え切れないくらいあった。

最後の最後まで文句ひとつ言わず自分をいろんな場所まで連れてってくれた。ここがひとつの区切りなんだと思った。実家に帰って父親の墓参りにでも行こう。

(07.29)

夏の夢

帰り道、コンビニでビールを買って歩きながら飲みました。

CDを作るってことをやっていて、明日の朝やっとその作業が終ります。長かった。そして辛く楽しかった。このCDを作っていて、かっこいい男たちと一緒に仕事ができ、とても勉強になった。そして自分はその人たちに比べていかに気合が入っていないかを思い知ることができた。

二十八歳。あたりまえに奇跡的な夏が、いよいよスタート。新しい歌を逃すな。（08.02）

欲しいものたち

靴が欲しい。かっこいい靴。ギターが欲しい。先日リペアに出そうと思ったらけっこう重症らしい。時間も金もかかると言われた。思い切って良いギターでも買ってしまおうか。今度の休みはギターショップに新しいギターを見に行こう。今後ライブも増えていくことだし、ギターケースも欲しい。もうびりびりだ。体力が欲しい。陽が沈むのがだんだんと早くなっている。夜が長くなっていく。アコースティックギターも欲しい。寒くなって来るのか服も欲しい。ここ十年くらいファッションに気を遣っていない。新しい服を何着か買って落ち葉をふみふみ歩きたい。空は青い。最後の蝉がかじりついているその一瞬の音がかっこいい。

プレスから上がったCDがそろそろ到着する。ロマンスレコードと一緒に頑張って売ろう。そして欲しい物を手に入れるんだ。

(08.23)

夢の夏

ロマンスカーが走り始めた。小学生はまだ夏の中にいるようだ。

(09.08)

父の作るラーメン

疲れがたまっている。荒井由美を聴いている。

一ヶ月くらい休んでハワイに行きたい。ワイキキビーチで泳ぎたい。三日で飽きるだろう。そしたらカナダに行きたい。カナダではゆっくり歩きたい。三時間で飽きるだろう。誰にもばれないサングラスをかけて旅に出たい。ほんとは話しかけてもらいたくてうずうずしてるんだろう。

今日は父の命日。小学生の時、土曜日は午前中で終わりなので、学校から帰ると父が必ずラーメンか焼きそばを作っていた。味はまあまあだったけど楽しみにしていた。（10.03）

海

海が見たくなったので海に行った。

海に着いたのが午後三時過ぎ。ずーっと海を眺めていた。

デブちんカメラマンが二眼レフのカメラでずっと海を撮っていた。サーファーが波を読んで、よし来たと波に乗る。なんて無害で素晴らしいスポーツなのだろう。

寒くなってきたので、パーカーを着た。ＣＤを聴きながら海を見ていた。寒すぎて外にいられなくなってきたので、ファーストキッチンに行ってコーンポタージュとホットドッグを頼んだ。

夜になって外へ出て、iPod聴きながらまた海を眺めていた。遠く、海と空が同じ黒さのところ。あそこに出発点があるとしたら、あの海沿いのキラキラの灯りはなんだろうとぼんやり考えていた。

最終のロマンスカーでビールを飲みながら帰った。がらがらの車内で、ひとり興奮していた。

(10.15)

銭湯

全体的にぐったり疲れていたので、仕事が終わってから銭湯に行った。久しぶりの銭湯は素晴らしく、心にまでお湯が届き、じわーっと復活の兆しがみえた。湯船に浸かりながら高い天井を眺めていた。昔よく通った銭湯にそっくりだった。おっさんやマッチョのあんちゃん。みんなあたりまえだけど、裸。それがいい。

(11.08)

体は歌に

真夜中、バイクに乗りながらＡＳＫＡを聴いていた。歌に溺れていたい。そして新しい歌をつくりたい。

とある店で一目惚れしたギターを、明日ちょっと弾かせてもらいに行こうと思う。しばらくライブをしていないので体が歌いたがっている。

(12.09)

ロマンスカー

父の七回忌は九月も半ばを過ぎたというのに、まるで真夏日のような猛暑の中で行われた。森に囲まれてていいね、と家族みんなで決めた墓地の近くではいつの間にか日本最大級のモールが建設中で、墓地を囲む森も半分がなくなっていた。

蝉がじりじり鳴いていたが九月の蝉はどこかやけくそといった感じで、読経を聞く兄の背中は八割くらいが汗で濡れていた。移動して親戚らと店に入り会食をし近況などを語らった。父の弟にあたる叔父は相変わらず豪快で顔もでかく話もおもしろかった。父の思い出話に花が咲き、店を出て家族と別れるときにはなぜか勇気が湧いていた。

いったん家に戻り、シャワーを浴びて昼寝した。一時間ほど眠ってから準備を始めた。この日は夜、『ロマンスカー』という僕の初めてのアルバムの発売記念インストアライブがあるのだ。前日の夜にスタジオに入っていたので声はよく出る。あとは曲順を丁寧に構成していくだけだ。五、六曲目くらいで曲順に悩んでいると、吉田くん（今回のアルバムにも参加してくれた天才二胡（にこ）奏者）から電話がかかってきた。「今夜どうですかー」と自分から演奏を申し出てくれたのだ。二胡が入ることでライブも豊かになる。彼のおかげで中盤後半の構成もさくっと決まった。軽く流して歌い、荷物をまとめ部屋を出て御茶ノ水に向かった。

インストアライブの会場はディスクユニオン御茶ノ水駅前店。十年前、僕はこの店によく足を運んでいた。浪人生でふらふらしていた時だった。ザ・ビートルズとボブ・ディランにかぶれこの店で中古盤をかたっぱしから集めていた。ザ・ビートルズの『リボルバー』を聴いた時全身が陶酔したのを覚えている。こんなＣＤがまだ何枚も買える！　と思うと嬉しくてたまらなかった。そんな足繁く通ったお店で自分がインストアライブをやることになるなんて、十年前の僕は想像もしていなかっただろう。

ライブは閉店後夜八時半から四階のジャズ売り場で行われた。六畳くらいのスペースに四十人近い人が集まってくれた。入りきれなかった人たちは入り口の階段付近でライブを聞いてくれた。生ギター生声で一時間。十五曲たっぷり歌わせてもらった。十八歳からの十年間のことを振り返るのはまだ早い気もするが、今までの歌たちを見つめ直すには絶好の機会、絶好の場所だった。

最近またＣＤウォークマンが欲しくなってきた。iPodもいいけど、一枚一枚ＣＤを取り替える感じが、やっぱり自分には必要な気がするのだ。今日は休みだからウォークマンでも買いに行こう。一番最初は出来たばかりの『ロマンスカー』をセットして聴こう。そして新宿から小田急ロマンスカーにでも乗り込もう（多分乗らない）。
十八歳の僕は暗くて毎日のように悩んでイライラしていたけど、二十五歳の絶望しかけた僕を救ったのは紛れもなく十八歳の僕だったように思う。

ロマンスカーに乗って18歳の僕に会いにいこう
18歳の僕は怖い顔して　こっちを睨んで街へと消えていった
どこにいくの　どこにいくの　ここにいる

前野健太「ロマンスカー」

詩のような　3

三上寛の言葉

三上寛の本を久しぶりに読んだ。

正月実家に帰って食いすぎで横になっていた時、ふと本棚を見て暇つぶしにと手に取ってパラパラめくり始めたのも束の間、ぐいぐい引き込まれて一気に読んでしまった。

確か五、六年前に買った本で、その時はURCの音楽をよく聴いていた時期だった。友部正人や高田渡や、その人たちが書く文章も探して読んでいた。どこで買ったのだろう。今よりももっともっと金のない時期で、きっと他の本と比べてどちらにしようか迷って迷って買ったのだろう。

その時は三上寛は文章が上手だなあと感心していた程度だったが、読み返した今、明らかに異質な何かを受け取り、稲妻が身体に二度ほど走った。あの時この本を買っていなかったら、この二〇〇八年の初頭に稲妻は走っていなかった。

三上寛の言葉を借りるなら、明らかにこれは自分に対しての「号令」である。（2008.01.06）

歌の素顔

最近いろいろと決意を迫られることがある。また大きな変化が訪れるのだろうか。

自分の作る歌がとてもちっぽけで無意味なもののように感じることがある。同時に、自分の気持ちをも包み込んでしまうほど大きくて果てしないもののように感じることもある。

昨日と今日がそうであった。自分はまだ何も分かっていないんだろう。今年は少しは大きくなれるだろうか。（01.11）

職場の冬

職場から見える窓の外の景色は、ブラインド越しということもあいまって、まるで花吹雪のように、雪がキラキラと舞ってみえた。

雪はゆっくりと雨に変わり、静かにその上から夜が降ってきて一日は終った。

「悩み」に微笑みかけてくる雪の妖精は、すぐにぺたりと地面に倒れて消えてしまう。冬はどこからきてどこへ向かうのか。もう一度、ここで試されている。二〇〇八年は面白い年になる。

(01.23)

雪の夜に

スタジオに入った。

エレキギターとアンプからの音と体と感覚の距離がだいぶ近くなってきた。弾けば弾くほど、このギターは自分のものになっていく。

深夜零時半、スタジオから出ると夜の街の灯りの中、雪がふぁーっと降っていた。自販機でコーラを買って飲みながら、しばらく雪を眺めていた。ゆっくりと宙に停滞しているように見える雪、斜めに矢のように降る雪、この雪たちに恐らく意思はないのだろう。風にも、そして、もしかすると自分にも。

そんなことを考えながらぼーっと雪を眺めていた。そしてひとつ歳を重ねた。

(02.06)

詞作の夜

夜、ベローチェで作詞。五つくらい作った。ここからいくつ歌になるだろうか。月が圧倒的に大きかった。物語の中にいるような気分でバイクを走らせた。束の間の楽しみ。

(02.13)

冬の梅ヶ丘

夜、バイクを走らせ羽根木公園へ梅を見に行った。
梅の花はほとんど咲いていなかったが、梅の樹が眠ったまま踊っているようだった。しばらく裸の樹を見つめていた。ちらほら咲いている花は、枝に積もる雪のようだった。遠くには小田急の電車が走っていた。当たり前だけど電車は光っていた。闇の中を走っていく電車を丘の上から眺め、パンをかじって寒い公園を後にした。
月と梅の花は似合い過ぎていて、花の香りは体の奥の何かを刺激した。

(02.19)

やきとりの赤ちょうちん

夜、いつものスタジオへ練習をしに行った。二時間ほど、音と声と身体とことばで熱を発した。その熱はスタジオ内にこもった。

終って外へ出ると、まだ、寒い、冬の風が吹いていた。商店街の出口に、やきとりのちょうちんが大きく吊るされた飲み屋があり、すり硝子の向こうには人影がいくつかあった。日曜日の夜十一時半、酒でも飲みたいと思ったが、自分には気軽に誘える友達が実はいないなと思った。

(02.24)

春の雨

土曜日の夜は、部屋着のカップルがぷらぷら歩いてて、好きだ。コンビニにはお菓子がたくさん売ってて、いいね。雨がぽつぽつ降り出した。濡れても楽しいね。

(04.12)

花の街

ツツジの花が街のいたるところで咲いている。煙たい国道沿いでも元気に咲いてくれている。次は紫陽花。その前に薔薇か。花に負けるな。

(05.02)

作りかけのアルバム

作りかけの曲をまとめようとギターを弾いていたら、まったく別の曲が突然割り込んできて、新しい歌がひとつ生まれた。タイトルはとりあえず「春夏秋冬、そして夜」という名前をつけて、ひさしぶりに宅録で音を重ねてデモを作ってみた。ベースを弾くのが楽しく、楽しんで弾いたものはやはり聴き直してもなかなかかっこいいものが入っている。

　この曲をセカンドアルバムの頭に持ってきたらどうだろうということで曲順などを考えてみる。曲を並べてみるとファーストの『ロマンスカー』とはずいぶん色が違うなと感じた。豆腐、鴨川、病。タイトルからして音楽のアルバムだとは思えない。『ロマンスカー』が直球なら、セカンドは畑だ。しぶとい畑になりたい。


(05.19)

ツバメのノート

気づいたら、もう、夏の景色だ。日傘を差した人が歩き、遠くでは白く大きな雲が悠々と移動している。日差しも強く洗濯物もあっという間に乾く。

自転車に乗ってノートを買いに行く。セカンドアルバムの創作ノートだ。ツバメの無地のノートを買った。これからここにいろいろな言葉や思いが記されていく。そしてそれを一枚のＣＤへと昇華させる。
部屋を軽く片付けていたらすっかり夜になったので東中野へ自転車で移動。イヤホンをつけて加地等が聴きたくなったので「僕はダメ人間」を聴いた。ギターの音を出すのが本当に上手な人で、言葉選びも丁寧で無駄がない。自分の不甲斐なさにこの歌を流し、自転車を走らせた。

(07.22)

九月

トンボが飛んで、夕焼けがあった。夏を取り逃がした今年、なんとかして次の作品にねじ込ませたい。労働日以外はセカンドアルバムに取り掛かりっきりで、ちゃんとした休日を取っていない。
最近はまたボブ・ディランを聴いている。すがすがしい朝にも、月がくっきり出ている夜にも、この『John Wesley Harding』はよく馴染んで、機嫌が良くなる。

(09.10)

ビルの中のマイケル

夕方、労働を終え新宿へ。いつもの場所へ原付を止め、歩く。新幹線の切符を買いに行く。ハンズに行き、買い物。タイムズスクエアと向こう側を結ぶ橋が好きで、そこから西口のビル群や反対側の建物、下を走る電車を眺める。歩く。満ち足りた雰囲気が街にはあった。そばを食べる。歩く。楽器屋に行き弦などを買う。歩く。タワレコへ行く。

八階でいろいろと試聴。散漫としたサウンドばかりの中、マイケルジャクソンのベスト盤がいちばん心に届いた。ＷＯとかＡＨとかいう短いボイスがやたら良くていろいろと参考になった。

七階へ行ったらがらんとして活気がなかった。自分の活気もなくなってしまったので十階へ移動。エスカレーターで昇りながら今作っているアルバムのことを考える。このアルバムは一体なんなのだろうと。歌を作り、労働をしてこうしてアルバムを作って、それはなんなのだろうと。

(09.26)

参ル

体調を崩して参っていた。なかなか制作がはかどらず参っていた。ラフミックスした何曲かをウォークマンで聴いてみたがたいしたものではなかったので参っていた。どうしたもんかと頭痛の日々をどうにかせねばならぬと思っていた時にふと宇多田ヒカルが聴きたくなって一枚も持っていなかったので図書館で一枚ファーストを借りた。ハマった。すぐにセカンドサード四枚目を近所の中古屋で買って聴いている。参った。

(10.09)

実ったものは

やっとニューアルバムの全貌が見えてきた。ファーストアルバムの『ロマンスカー』から一年以上経って、今回のセカンドアルバム。仮ミックスの音源を原付に乗りながら聴いている。街を歩きながら聴いている。仕事の休憩中に聴いている。

今回は録音も演奏もすべてひとりでやると決めていたので、制作は機材を揃えるところから始まった。新しいMTRを買って、マイクをだんだん買い足していって、その他もろもろ機材を買って、映画音楽の仕事を頂いたので六月、七月はその作業に集中し、セカンドの録音は七月の下旬、真夏日の中でのスタートとなった。

真夏の窓を閉め切った部屋は暑かった。汗を沢山かいたのにアイスの食べすぎで痩せなかった。八月は海に行けなかった。九月、引き続き作業、山にも行けなかった。夏に体を遊ばせなかったので反動が来てきつかった。

十月関西のライブが二週続けてあったので新幹線のスピードに体がついていけなかった。作業は思うように進まなかった。だんだんと機材に慣れてきたのでいろいろ録り直し、そうこうしているうちに気温がぐっと下がった。十一月に入って去年よく着ていたゴアテックスのフルメタルジャケットを出して、手袋をして、そうでないともうバイクでは寒くなっていた。

季節が変わる中を、音楽はゆっくりふくらんでいった。包装してみんなに届けるまであともうふた息。果実でもなんでもないが、手紙のようなアルバムになった。

(11.02)

休憩中の出来事

仕事の休憩中大好きなモヤシそばとでかい餃子のセットを食べて満足気味で、いつもとは違う道を歩いて仕事場へ戻った。遠くへ抜ける青空と降り注ぐ光。光の中で大好きな音楽を聴きながら、知らないところを歩く。

知らない花の香りで立ち止まる。蜂が飛び回っている。光の中で羽根がぶるぶる、逆光の中、夢のようなその情景に見とれる。知らないところを歩いていると知らない家の一階の部屋から犬が顔を出している。目が合って、あの犬は何を思ったのだろうか。通り過ぎ振り返ると、まだ犬はこちらを見ていた。光の中で、時間まで音楽を聴き続けた。この感じ、忘れていた。自分が好きな瞬間。体中に力がみなぎってくるのがわかる。音楽っていったいなんなのだろう。

（11.07）

西武線に乗って

今日は実家に帰った。春以来だった。帰りの電車の中で長渕剛を聴いた。八九年のライブ盤。胸にこみ上げてくるものがあった。

今にも雨が降りそうな車窓に映る街。東京から埼玉へ。電車は走る。歌は流れる。長渕剛は歌を、だれもが口ずさめる歌を作り続けてきた。マッチョになってからの最近の歌は知らないが、このライブを聴いていると客の大合唱に身体がぞくっとする。不思議な感覚になる。歌はこういうことも出来るんだ。

良い歌は真っ直ぐだ。久し振りに確認した。

（11.24）

「冬の海」

一昨日のライブ、百分間と決めていたライブも、やはり短く感じられ、もう二十分追加でやってしまった。新曲と古い曲を織り交ぜてのライブは、少し新鮮だった。

五年前くらいの曲で「冬の海」という曲があって、これはしばらくやっていなかった。一昨日久し振りにこの曲の風景に会いたくなってやってみた。歌はまだ息づいていて、身体をあずけられるほどこの曲はどっしりしていた。不思議だった。

この頃は無理にひとりの時間をつくらなくても、いつもひとりだった。友達は数人、ほぼ毎週無力無善寺(むりょくむぜんじ)でライブをしていた。客はほとんどいなかった。毎日歌を探していた。新しい歌を作り完成させることが息継ぎのような、そんな日々を送っていた。今も歌が出来ないとモヤが溜まっていくが、あの時ほど刺激を求めて彷徨(さまよ)わなくなった。

ひとりの青年が電車に乗って海に行く、ただそれだけの歌が、なぜあんなにどっしりと感じられたのか。

(12.10)

空

五輪真弓さんの『ニュー・ベスト・セレクション』をよく聴いている。

十二月の風の強かった夜、練習から真夜中の打ち合わせに原宿へと向かうバイクに乗りながらこれを聴いていて、ああこの瞬間、この歌に身をあずけながらバイクで夜を旅している、この瞬間こそが人生なら、と風に吹き飛ばされそうになりながら思った。

「空」という曲の出だしが好きで、この曲を聴きながら都会を歩くと心が落ち着く。（12.31）

詩のような　4

正月の出来事

中山競馬場に行ってきた。

土日開催の競馬が正月だけは月曜日に開催される。馬を見たいと思っていたのでぷらりと行ってきた。

パドックでじっと馬のやる気を観察して、競馬新聞はほとんど見ないで予想した。やる気のある馬とそうでない馬がいた。走りたそうにしている馬と、今日は勘弁して欲しい、という顔をしている馬がいた。ジョッキーが飛び乗った瞬間に急に見栄えの良くなる馬もいた。

馬を見て何か感じたいと思っていたが、結局予想を的中させるのに夢中になってしまい、あとは写真を撮ったり、うどんを食べてビールを飲んで、ドーナツを食べてひとり場内をうろうろしていた。

最終レースが終わる頃には陽も傾きかけ、寒くなっていた。初めて行った中山競馬場は子ども連れや女の子同士で来ている若い人もけっこういて、変なおっさんは少なかった。最近、『若者を見殺しにする国』という本と雑誌『ロスジェネ』別冊を読んだ。一旦崩れかけた時に、すがるものがあった自分と、すがるものがなかった人。逆だった可能性ももちろんある。自分には偶然戻れる場所があっただけのこと。

今年は年越しという感じがあまりしなかった。なぜなら元旦から吉祥寺の正月ムードの街でゲリラライブを敢行し、その模様を映画にするというとんでもない企画が十二月に突如決定したからだ。正月の和やかで晴れやかな雰囲気の神社の前で、なぜあんなに緊張して、犯罪でも犯すような気持ちで、歌を熱唱し、そこからノーカットで井の頭公園まで歩き、歌い続けたのか。終った後は、何分前の出来事が、まるで夢のように感じられた。監督は松江哲明さん。スタッフ出演者総勢二十名以上のスリリングな現場は楽しかった。

感謝している。今年もこうして始められたことに。

(2009.01.05)

歌と体

先日、豊田道倫さんのイベントに出演したが、完敗だった。豊田さんや加地等さんはずっと聴き続けてきた人達で、ちょうど十くらい歳が離れているが、自分よりも全然若かった。遊んでいる大人の風情はもちろんその芸にも影を落とし、軽快だった。

カレンダーを破り捨ててしまったので、ここ半月ほど何をやっていたのか思い出せない。とにかくライブが多い。喫茶店に入ってノートを開くも言葉が落ちてこない。歌が出来ないと体の動きがぎこちなくなる。歌はそんな自分を見てどこかで腕を組んで笑っているのか、寂しがっているのか。アホだと思っているのか。来月からバイトの量をぐんと減らし、歌をたくさん作る。


(02.04)

儀式

深夜バスのチケットをネットで取る。深夜バス、京都、鴨川。儀式を済ませ、はやく次へ行きたい。そのためにもこの儀式は重要だ。歌を一回燃やそう。

東京の冬がゆっくり身支度をして、どこかへ帰っていきそうな気配がする。春はいつも憂鬱だ。それも燃やしたい。

（02.11）

ごろごろパキパキ

ごろごろして何をしていたのだろう。

パスタをパキパキ折って小さい鍋にぶち込む。茹でる。塩を入れる。レトルトのカレーを温めて茹で上がったパスタにかける。まあ、美味い。昼寝をする。とある映像に合わせてギターの練習などをする。夜、雪が降るらしいとの情報を受け二十二時過ぎに出かける。ブックオフで漫画を買ってからミスドかマックで迷いマックへ。二階の窓際の角の席に座り外を眺める。雪は降らない。

百二十円のコーヒーと頂いたチョコレートで何時間も粘ったが雪は降らなかった。歌をいくつか拾い上げた。雨がずいぶんと降ってきたのでマフラーを頭に巻いて自転車で帰った。こんなに寒いのなら雪に変わってくれてもいいのにと思ったが、しょうがない、セブンイレブンで缶のコーンスープとカップ麺のやきそばを買って帰った。

また詩集が読みたくなってきたので図書館のホームページで古い詩集を三冊予約した。

（02.19）

発見

五輪真弓のCDと合唱のCDをパソコンに入れてiPodに落とし、明日からの旅に持って行く。夜遅くに新宿から夜行バスに乗り、朝方には京都に着く。狭いシートで隣の人を気にしながら小さい音で聴く。真夜中の高速道路を走りながらゆっくり聴きたい。『さみしいだけ』ツアーで京都、大阪の演奏旅行。

『さみしいだけ』を作って発売するまで、いろいろなことがあった。髪の毛が抜けそうなほどの苛立ちやストレス、自分の限界、他者との限界。新しい音楽との出会い、自分の発見、他者の発見。さあ明日は深夜バスだ。


(02.25)

京都のさみしいだけ

京都、大阪といろいろなところでライブをさせてもらいお金を頂いてご飯も食べさせてもらって、関西に来るたびに会える人たちと束の間の楽しい時間も過ごすことが出来た。

今回は自分の「鴨川」という歌を京都の鴨川で実際に聴くことも儀式として掲げていたが、実際聴いたらたいしたことはなかった。それよりも「3月のブルース」や他の曲たちの方がしっくりきた。東京で昼に聴くとちょっと負けてしまうアルバムだと思っていたけど、京都で聴くと『さみしいだけ』は町にぴったりとハマった。不思議な感じだった。色かもしれない。曇りの京都のセピア調の感じが合っていたのかもしれない。京都に行くといつも「戦後」という言葉が浮かんでくる。宿の近くにあった〈翡翠〉という喫茶店から町を眺めていてもそれを感じた。（03.02）

橋口映画の「光」

この前『ぐるりのこと。』という映画を観た。

橋口亮輔監督の作品は好きで全部観ている。劇場は満員だった。映画の、何よりも「光」に胸がざわついた。映画でなければ捕らえることの出来ない、いやフィルムでなければ焼き付けることのできないその「光」と光が浮かび上がらせる「モノ」「人」そして「風」や「時間」がそこに丁寧に美しく儚く映し出されていた。「現像」という言葉が浮かんだ。（03.27）

休日出勤

朝、家を出るとものすごい寒さで体がぶるぶると震えた。「あー、さみいさみ」とつぶやきながらスーパーカブに乗ってバイトに行く。

バイトに行く途中にはトラップが仕掛けられていて、休日はだいたい朝、陸橋の陰に隠れてスピード違反の取締りチェックをやっている。いつも同じ場所でやっているので、「またやってるよ」と思いながら通り過ぎる。高速料金が安くなったからか、いつもより車が多く、いつもより取締りの警察官が多かった。新人研修かもしれない。十五人くらいはいた。気持ちの良い朝に、出かけようかね、と言って出かけたカップルや家族連れの車を木陰に隠れて狙い打ち。青空の下でカツアゲ。新人の警官たちは何を思って仕事をしているのだろうか。

夜、自転車で走っていたら桜がぼわんと咲いていた。少し嬉しかった。

(03.29)

風が吹かなくても

この前実家に帰った時、自転車を買った。ずっと欲しかった真っ白い自転車。タイヤまで白い。それに乗って埼玉の実家から乗って帰ってきた。途中、いたるところで桜が咲いていた。今年の桜は今まで見てきた中で一番綺麗な色をしている。初めて桜を美しいと思った、かもしれない。

ピンク、というよりは白。暖かくなって、風が吹かなくてもはらはら散ってゆく花びら。その中で子ども達は遊んでいた。保育園の子ども達。きゃっきゃ騒いで、この子らもいつか大人になってゆくんだな、と芝生に寝転びながら眺めていた。

今日は自転車で渋谷まで行った。『オカルト』という映画を観た。新しかった。言葉で説明するのではなく、映像で、表情で、見せていく。勉強になった。

帰り、下北沢に寄って喫茶店でノートを開く。窓の外を眺める。トム・ウェイツの歌が流れ始めた。

知らないアルバムだったのでお店の人に教えてもらった。帰り、真夜中の国道を自転車で帰った。ニール・ヤングを聴きながら、絵本のようなオレンジ色の街灯に浮かび上がる、車の少ない広い道を、ゆっくり自転車をこぎながら、音楽を聴きながら街を流す、これが自分は一番好きなことだ、と思いながら、ここは自由の国だ、と思いながら、ニール・ヤングを聴きながら。


(04.09)

中古のＣＤ

バイト後、中古でＣＤを買う。

ゴーキーズ、スラップ・ハッピー、ニルソン、トム・ウェイツ、キル・ロック・スターズのコンピ、アモール・ベロム・デュオ。帰って聴く。ゴーキーズのオリジナルアルバムは全部聴いてたつもりだったが聴いてないものがあった。あまり見ないCDだなと思っていたので何か海外の寄せ集めアルバムかなと思っていたが聴いてびっくり、最強のアルバムだった。こんなものが五百円で売られているなんて。最後まで通して聴かず、気に入った曲で何度も巻き戻して聴いてしまった。

トム・ウェイツは喫茶店で聴いた方が良かった。やはりあの空間には特別な時間が流れているんだろう。時間というか、装置というか。

(04.10)

二本立て

朝、新曲を一曲書き上げる。昼、スパゲティを茹でて食べる。シャワーを浴びて自転車で高田馬場まで走る。

早稲田松竹で映画二本立て、『トウキョウソナタ』『アキレスと亀』。『トウキョウソナタ』は暗いならもっと暗くしてくれた方が良かった。暗さの中の光ではなく暗さの中の暗さをもっと観たかった。どうしても光が必要なら、最後のドヴュッシーの「月の光」ではなく、「月の光」を感じられるような表情とか声が観たかったし、聴きたかった。夜の海のシーンが好きだった。波の頭が白くて綺麗で、夜に光る電車みたいで好きだった。

途中何度も「自分も作りたい」という衝動に駆られた。作りたい、壊したい、作りたい、壊したい。作りたい、壊したい。ライブがやりたくなった。

(04.13)

響

夜、ギター二本持ってスタジオへ。

ギターを弾きながら歌いながら、言葉を修正させていく。言葉の響き、歌になる時に、より飛んでいく方を選ぶ。

(04.15)

インドの思い出

映画『スラムドッグ$ミリオネア』を観た。圧倒的だった。観ている時は完全にもっていかれて、観終わったら何も残らない。「映画」というものを思いっきり楽しませてくれた。舞台がインドだったので、昔行ったインドのことを思い出した。知らない兄ちゃんに連れて行かれて、豪邸で一晩過ごした時のことは未だに不思議な記憶として残っている。マフィアみたいなおっさんとその家族と食事をし、食後に屋上に上がり——周りが何もない真っ暗闇の大地で星が空一面を覆いつくしていた、仰向けに寝転がり星を仰ぎ見ていた。

今日映画を観ていてあの時のことが急に思い出されて、力がみなぎった。

映画の中にはひとりの青年の壮絶な物語があった。自分にもちっぽけではあるが物語があるので、やっぱりそれを歌っていきたい。バルト9から見える夜景はあっさりしていた。

（04.27）

ただの大地

おそらく昨年の今頃も同じようなことを書いていたに違いない。ツツジが咲いている。派手なピンク色に染まったティッシュのような花が咲き乱れている。川沿いに、国道沿いに。

喫茶店でレッスン。店主が酒を飲み常連客と談話している。聴かなくとも聞こえてくるその会話が面白くて笑いをこらえ窓の外に目をやる。二階から一本の商店街が見下ろせる。置いてあった雑誌をめくる。『ユリイカ』の最新号「坂本龍一」特集。大貫妙子さんの文章に引き込まれた。ノートにメモし、買ったばかりの眼鏡をかけ、自転車で走る。

バイクで走るよりも自転車は、孤独が少ない。東京もただの大地だったんだなと、走っているとわかる。

(04.28)

元旦の音

最近よく聴いているのは元旦に撮った映画『ライブテープ』の音だけのCD-R。元旦の吉祥寺の参拝客の家族の声、車の音、監督との会話、住宅街、公園の鳥の鳴き声、夕暮れの澄んだ空気。その中にぶち込まれた歌。七十四分ノーカットのこの映画の音を聴いていると、すべての時間は映画であり、物語であり、なんでもない時間なんだなと思えてくる。なんでもない限られた時間。

(05.14)

尾崎さん

ずっと尾崎豊を聴きながら移動している。低いままいたい時にしっくりくる。癒されたい、というのは回復したい、ということではなく、静かにさせてくれ、という感じで、尾崎さんを聴いていると静かになれる。

(06.02)

雨の湖水まつり

六月、七月とライブが多かった。青森には初めて訪れた。

「湖水まつり」という何十年も続いている祭りで、メインは夜の花火大会。シンプルな電飾をつけた遊覧船に乗り、ゆっくりと湖を走る。エレクトリカルパレードのように真っ暗闇の中を光る船。方々に散らばった五、六隻の船が静かにエンジンを止め、花火を待つ。雨に濡れて体が冷えてしまっていたので、船内のアナウンスで「味が染み込んだあったかいコンニャク限定二十本、お早めに」という声が流れた瞬間、すぐに買いに行きそれを食べながら待った。

コンニャクを食べながら湖に浮かぶ遊覧船を見ていたら、パン、ドドン、と大きな音がして花火大会が始まった。二階のデッキに移動して花火を見る。雨の中大丈夫だろうか、と思っていたら見事に花火が上がっている。なんて贅沢なんだろうと思った。雨は次第に強くなった、にもかかわらず、花火は雨の中で大きく広がり、燃える。四十分以上上がり続けただろうか、最後は特大の花火が大きな輪をつくり、ゆっくりと湖に降り注ぐのを見た。火の粉が湖水に吸い込まれていく、その光景がなんとも美しく思えた。

ライブは花火の前、夜の七時ぐらいまで十和田湖をバックに野外の特設ステージでやった。屋根があったので雨の中でもやることはできた。とにかく雨が強かったので外に出してある巨大なスピーカーもブルーシートでぐるぐる巻きにして、ちょっとボーカルの高音を強めにしてもらってライブをした。正面に大きな山がそびえ、後ろには十和田湖、そして豪雨。こんな状況で、はてどうしようか、と思ったが静かにやると負けてしまいそうだったので山が崩れるようなライブをしようと心がけた。

遠くの方でバスの運転手やタクシーの運転手も見ていた。雨の中傘を差して見てくれているお客さんや、一緒に同行した共演者のミュージシャンたちもじっと見てくれていた。青森の十和田湖という地で、とにかく大声で歌うことが出来た。

しばらくライブはないので、次のアルバムに向けて始動しようと思っている。一枚のアルバムを、物語を、夏の間、やって行きたいと思う。

(07.22)

無言歌

バイトが終わり原付で渋谷へ。

アップリンクで『無言歌』を観る。鈴木祥子さんのフィルムドキュメント。顔と言葉と、歌とメロディと、音楽への愛情というか、音楽と人生。女としての。この映画をレコーディング前に観られてほんとに良かった。女の人に観てほしいと思うのはなぜだろうか。そして歌を歌うすべての人に、要するにすべての人にこの映画を観てほしい。なぜだろうか。人生そのものが歌だから、と言ったら恥ずかしいだろうか。

勇気をもらって、原付乗って下北沢へ。いーはとーぼで『ロマンスカー』を置いて頂けるとのことで、店主の今沢さんにCDを渡す。ずっとこの店に通い続けていた自分からすると、この出来事ほど嬉しいことはない。コーヒーを飲みながら今沢さんの話を聞く。

今沢さんが帰った後、クーラーが故障している店内で汗をかきながらアルバムのこと考えた。


(08.05)

墓参りのあとで

昨日、実家に帰って墓参りをした。

近くのモールで軽くショッピングをした。〝おとぎ話〟の曲がモール内に流れ始めた。有線か何かだろう。嬉しかった。

実家で一泊し、昔の写真を見返していた。翌日、昼過ぎに家を出た。

シャワーを浴びて原付で下北へ。心地良いドライブ。クラブ・キューでおとぎ話ライブ。

今までのおとぎ話で一番良い状態に彼らは今、いる。このライブは体感しないともったいないと思った。新曲たちは有馬くんの変態さがよく出ていてかっこ良かった。自分の音楽に素直になったんだな、と思った。アダルトでセクシーで紫色の照明もよく似合っていた。

ここ最近ずっと聴いている「青春」という曲は、歌詞もメロディもそこまでずば抜けて何かが凄い、というわけではないのだけれど、おとぎ話というバンドが歌う「青春」の刹那にはどうしたって感情が揺さぶられる。

身体を揺らしてのっている若者たちの中で、ひとり下を向いて泣いている自分はなんだか恥ずかしかったけど、同じ時代に音楽をやって出会えたことを嬉しく思った。　(08.16)

マクドナルド

昼、スタジオで一曲作る。帰って昼寝。部屋の片づけをして夜、外へ。

雨がぽつぽつ降っていた。駅前のマクドナルドで本を読んだり観察したり。テーブルにつっぷして眠る人がたくさんいた。田村隆一の『土人の唄』という本を読む。田村隆一は自分にとって大きな詩人だが、このマクドナルドの景色を歌うことは出来ない。しんと静まりかえった夜の道を自転車で帰った。雨上がりの公園に、猫が歩いていた。　(09.30)

さみしいだけ

「悲しいだけ」という小説がある。作者は藤枝静男という人で、友人から薦められてブックオフにたまたまあったので買ってみた。

中身は読んでいないが、タイトルが良いなと思った。それからしばらくして「さみしいだけ」という歌を作った。

その頃は風呂ナシのボロアパートに住んでいて、背中はダニに蝕まれ寄りかかった押入れのふすまは血だらけになる、というだいぶヤラレタ生活を送っていた。

主な収入源は、「骨董品の高額買取をします」というハガキを大きめの家のポストに入れる、いわゆるポスティングというバイトの給料で、時給は千円だったか。晴れの日は運動にもなり良かったが、雨が降ると仕事はなかった。

晴耕雨読、のような世界とはほど遠く、耕すべき畑は荒れ、読まれるはずの本には埃が積もるようになっていた。「悲しいだけ」もその読まれない本の中に埋もれ、深い眠りに落ちていった。

歌は毎日のように探して作っていたが、売れる気配はなかった。

あるよく晴れたポスティング日和の日のこと。確か場所は大崎だっただろうか。環状七号線が近くにあったから多分その辺だろう。

もうバイトも限界だ。歌も誰も見向きもしない。滞る家賃。かさばる光熱費。見えない明日――なんとなく重たい雰囲気に浸ってしまい、ポスティングの作業を中断して昼間からビールを飲んでしまったことがあった。コンビニで缶ビールとビーフジャーキーを買って近くの公園のベンチで途方に暮れてしまった。

寝転がって見上げる空は、よく晴れて真っ青だったが、その青さは嬉しくもなんともなかった。今思い出すと和やかな光景ですらあるが、その時は真剣に悩み、絶望の淵に立たされ、涙を胸に溜め込んでいたのだろう。ポスティングの作業には戻ったが、帰り道、夢は枯れかけていた。「さみしいだけ」という歌はそうした中で生まれた。

今年、二〇〇九年一月、そんな「さみしいだけ」という歌が今度はアルバムのタイトルとなり自分のセカンドアルバムとして発売された。新生『さみしいだけ』の誕生である。

本秀康さんが描いてくれたジャケットは自分のキャラクターが街をひとり歩き、もじゃもじゃの頭から伸びた数本のサイケデリックな髪の毛が街へと絡みついていくというもの。機会があればそのジャケットを見て欲しい。そして「さみしいだけ」を聴いて欲しい。内容はただのラブソングだが、ビーフジャーキーと青空の香りが、ほのかにするかもしれない。

詩のような 5

冬のドライヴ

とても寒い一日。ベン・ワットの『ノース・マリン・ドライヴ』というアルバムをイヤホンから流しながら寒い冬の東京をドライブ。ドライブと言っても原付だからイヤホンはヘルメットの下に忍ばせている。iPodからたまに流れてくるこのアルバム。キンと冷えたこんな日は特に聴きたくなる。

夜はスタジオで練習。三時間。昨日の映画上映後のライブでとんでもないミスをしてしまったのでこれはいかんと思い身体を、腕を動かした。今ある曲もだいぶ歌い込んできたので、新しい曲をもそもそ作る。

なんだこれは、つまらんな、と思いながらも紙に言葉を投げつけて、歌う。少しはましになる。歌う。これは歌なのだろうか。明日やってみようと思う。

（2010.01.16）

自殺者の数

夜の七時。深夜のマクドナルドで明日のライブのことを考えていた。ライブはやっぱり一回きりのもの、特別なものなんだということ。当たり前のものではだめだということ。気に入られるためにとか、新しいお客さんを獲得するとか、そういうこともあるだろうけど、それよりも大事なのは、ライブでしかできないことは、燃やすこと。脂肪でも良い、心にびっしりついた脂肪を燃やすのはライブだ。

自殺者の数は毎年なんで同じくらいなんだろうと言った子がいた。ちょっと不思議だった。この生き物はなんだろうと思った。

(01.16)

暖かくなって

夜も遅かったが、ちょっと足を伸ばして羽根木公園までバイクを走らせた。

羽根木公園では梅祭りが開催中だった。肉まんをかじりながら梅の花を眺める。梅の花は白い雪のように、そのつぼみや小さな花を枝につけて、枝の間から見える月がとてもよく似合う。低い樹は、力強くうねり、踊っているようにも見える。いや、実際踊っているのだ。歌を詠もうとしたが、この日本独特の美しさはなかなか歌にならない。去年も同じことを考えていたような気がする。
とりあえず腹が減ったのでバイクまで戻って、通りまで出てイヤホンを耳に突っ込んで右左、どちらに走り出そうかと思った矢先目に飛び込んできたのが猫。しかし何か様子が変だ。猫は倒れている。頭から血を流して、道路の真ん中で、タクシーはそれを避けるように走っていた。猫の足がびくっと動いた。バイクを止めて近くに歩み寄ると、もう体はほとんど動いていない。口から大量の血を流している。目が変だ。体は温かい。とりあえず脇の土の上に寝かせた。ほとんど死んでいる。近くにいた青年が警察に電話しましたと言う。そうですかと返す。死んだ。猫は死んだ。暖かくなって、ちょっとはしゃいで走り回っていたのかもしれない。恋をしていたのかもしれない。その瞬間だけは通りを走っている車を憎んだ。警察はこないだろう、公園まで戻って静かな場所を探した。昔この近くに住んでいたので、猫おじさんが餌を与えていた場所は知っていた。その場所まで猫を運んだ。泣いた。車も使うし、猫も好きだ。ただ車は憎んでも、猫を憎んだことはない。

（02.24）

雨の日の耳鼻科

昨日は久しぶりに耳鼻科に行った。診察を受け、軽く治療してもらって外に出ると、雨のにおいに体が透き通った。この耳鼻科の後に嗅ぐ街のにおいはなんて美味しいのだろうと、いつも思う。雨のにおいは私を魚にし、泳いだ。死ぬまでにどれくらいの仕事ができるのだろう。ちいさな薔薇のなんてかわいらしいことよ。

(05.25)

歌を作ること

よく晴れている鴨川の夕景を眺めながら、歩くカップル、自転車に乗る人達、楽器を練習しているグループ、談笑している人達、犬を連れた主人、夕方の美しい光の中で、風を感じてそれらを眺めていた。完璧な世界だと思った。ああ、もう歌は作らなくていいのかもしれない、と思った。いや、歌を作ることにただ単に飽きたのかもしれない。

脱力の中、京都から帰り、ある方からいただいた寺尾紗穂さんの新譜のサンプルを聴いた。一曲目の「アジアの汗」という曲で涙が溢れた。体が震えた。深いところで鳴っている「詩」を、彼女は救い上げ、歌い、音楽にしていた。

(06.03)

公園のベンチで

公園のベンチに腰を下ろし、コンビニで買ったカフェオレを飲んでいた。薔薇はもう終わりの季節。紫陽花が大きくなり雨が降る季節。日曜日に出席する友人の結婚パーティーのことを考えていた。サンダルは汚れているから新しいのを買おうと、そんなことを考えていた。忙しくても、そうでなくても、走っていることに変わりはないのだろう。

(06.05)

ラブソング

早稲田松竹で映画『500日のサマー』を観た。観る前から評判を聞いていたので自分はどう感じるのだろうと楽しみにしていた。映画は素晴らしかった。エンディングで泣いてしまった。喜びの涙というか、ポジティブな涙というか。言葉の追いつかないところで、またも深くて温かなふくらみがあり、それが心に湧いた瞬間涙は溢れた。丁寧な映画だった。音楽の使い方も、人間の描き方、感情の捉え方も。

丁寧に人間を描いていくと、直接「現代」や「社会問題」を描かなくても、その時代性は滲み出る。上村一夫さんの漫画もそうだと思う。恋愛の話を、そう、だから自分はラブソングを作りたいのかもしれない。男女の会話の奥に、言葉と言葉、表情と表情の深い谷間にまだ誰も名づけていない感情があって、それを見つけて、それを描き、それを輝かせた時に、その映画や歌や漫画は昇華され、人を震わせるのだと思う。いや、それがなんなのかわからないから、わからなくて美しくて悲しいから、歌を作ったりするのかな。

（06.20）

深夜のゲーセン

ハード、ソフト、いろいろと買い揃える。新作は今までとは違う機材での録音になる。もそもそとインストールをしたり、解説書読んだり。コンピューターと仲良くなりたいが気だるい。

深夜ゲーセンへ。まったくこの歳にもなって、閉店間際のゲーセンに何が待っているというのだろう。閉店間際の店内には仕事を終えた中年男性たちが数人待っていた。いや待っていたわけではないけど、各々が1プレイ五十円の束の間の逃避行を楽しんでいた。

ゲーセンはゆるくて好きだ。自販機でコーラとかコーヒーを買って飲みながらくつろげるし、タバコを吸う人はのんびりタバコを吸えるんじゃないかな。適度に真剣になれるし、その後の脱力感もまた適度な憂鬱（ゆううつ）さで、だいたいゲーセンから出ると街は活き活きしているように見えるから不思議なもんだ。周りがきらきらして、みんな頑張ってるように見えるし、今日なんか夜空が少し青く見えて、それはそれは素敵な発見だったよ。

真夜中の夜空は黒と青が入り混じっている。それを発見したもんだから歌をつくりたくなって帰ってからギターをポロンとやったけど、なかなかすぐには歌になってくれない。「恋を無視しないで」なんて歌詞が突然出てきてよくわからなくなってしまった。(07.28)

実家の猫

実家の猫が死んだので昨日は急遽実家に帰った。朝十時に火葬する、というので早朝六時の目覚ましで起きた。駅からタクシーに乗ろうと思ったけど、前に住んでいたところを通って帰ろうと思い、バスに乗った。バスは乗客三人を乗せて走り出した。バス停に着いた。少し歩いた。懐かしい景色、緑、蝉の声。よく遊んでいた公園には朝早くから小学生の野球チームがちゃりんこで集合していた。グリーンインパルスかな。夏の朝、ラジオ体操。スタンプを押してもらって、ちゃんと通ったら最後にお菓子をもらえた。サンダルで歩く。小さかった私、大きくなった私。何を覚えたのだろう。何にもない。昔よく虫を捕まえていた空き地。住宅が並んでいたが、まだ面影はあった。カマキリが好きだった。草の匂い。

まだやれるんじゃないかと思わせてくれる、夏草の匂い。iPodは持ってこなかった。ただ流されていたかった。それは時なのか。なんなのか。友達の家の前を通り過ぎる。表札はまだ同じだった。元気かな。とてもやさしい奴だった。運動神経はにぶくて野球は下手だったけど、中学に入り急に長距離が早くなった。マラソン大会では上位に食い込んでいた。かっこ良かったな。今も元気でいてくれてると嬉しい。優しい友達だったから。家に着くと猫は弟と寝ていた。寝ているみたいだった。残された三匹はちょっと寂しそうだった。母親は、あんたずいぶん早いね、と言った。ソファで新聞読んでいたら少し眠ってしまった。長生きした猫とお別れをした。

(09.07)

二〇一〇

ちょっとくたびれた。酒でも飲みに行くか。いや、コーヒーだ。苦くて窓の外を眺められる喫茶店。あそこしかないんだよ。

さあ曲が着せ替えして、だんだん形になっていく。このアルバムはどんな歌を歌うんだろう。二〇一〇年は懐かしすぎる。なんにも新しいことはない。バイクに乗って走ろう。

(10.13)

詩のような　6

昨日の雪

今、身体を預けられる歌がない。インディー、メジャー、アングラなんでもいい。心揺さぶられる歌が聴きたい。昨日の雪は、今日どこにもなかった。

（2011.02.10）

暗い新宿

おととい、夜、新宿は真っ暗だった。
東口のアルタ前の待ち合わせの人もほとんどいない。いつも見るあの新宿の電光掲示板の温度計も消えていた。人も車もほとんどなく、たまに走る車はいつもよりスピードを出して、急いでどこかへ向かっているようだった。映画館はバルト9が閉まっていた。ピカデリーはガンダムともうひとつだけやっていた。百貨店も楽器屋も何もかも閉まっていた。でも、しょんべん横町だけはほとんど全部の店がやっていた。やっていた、というより変わらずだった。赤提灯が似合う夜。月はいつもより明るかった。

(03.19)

ライブ

今日ライブに来てくれたみなさん、ありがとうございました。

震災後、びびりまくっていた自分に喝を入れてくれたのは、間違いなく今日来てくれたお客さんたちでした。

また始まった気がしました。いつかライブが出来なくなる日が来るかもしれない。それまで、がしがしライブをやっていきたい、新曲を作って歌いたい、そう思いました。

また会いましょう。


(03.22)

言葉

新宿二丁目の交差点、ドトールの三階で。言葉が、書いた瞬間、砂みたいにサラサラとこぼれ落ちてゆく。

今、言葉はダメだ、と思った。けど、言葉を書き続けないと新しい考えも生まれない。日本語の歌を聴きたいのに、聴きたいものがあまりない。

真っ暗な新宿の街を眺めながら、言葉を離れようか、と一瞬思った。歌詞はなんのために書いてるんだ。歌いたいから、ではないのかもしれない。

(03.23)

「リアルラブ」

そして「リアルラブ」を聴いてしまった。恐らくこれまで生きてきて一番聴いた曲。また覚醒していくのがわかる。自分よりも音楽の容量の方が大きくなってしまう。自分の人生を決定づけたこの曲が、今もなお影響力を持っているとは。作業の手が止まってしまった。

(04.20)

知らない人の顔

ネット上に投げかけたい言葉がどんどんなくなっていく。どの季節かわからないような朝が来て、鳥は鳴いている。

パソコンがいよいよ苦手だ。寝台列車に乗りたい。旅が必要だ。ギターは持たないで、久しぶりにカメラを持って、旅先で出会う知らない人の顔が撮りたい。フィルムに光で焼き付けて、三十六枚撮ったら巻いて現像しないで捨てる。

ファインダー覗いてシャッターを押した瞬間だけ重なる。いや、シャッター押したあと、ファインダーから目を外して、その人を再び見た瞬間に繋がるためのカメラ。

(08.06)

昔録った音

訳あって昔の音源を聴いている。

二〇〇二年から二〇〇四年頃までに録った自宅録音の音源。風呂なしのアパートで録っていた音源。友達から借りたMTR、古本屋のバイト先の同僚から買った4トラックのメモリーカードMTR、DAT。パソコンが部屋になかったので録音、ダビングできるCDプレイヤーを買って、それでCD-R作品を作っていた。

今その音源を聴いていて思う。いろいろな楽器の音が歌のためにひとつの方向に向かっていて集中力がある。モニタリングとか考えずにひたすらヘッドホンだけで作業していた。

意外にそんなもんで良いのかもしれない。自分の最新アルバム『ファックミー』はこいつらに負けている、と思った。この音源の中の音の純粋さに負けている。

挫折しながらも食らいついてズルをして粘って運が味方して音楽で食えるようになったけど、それが一体どうしたというのだろう。音楽で食うってそんなにかっこいいもんなんだろうか。十年前の自分よりもっと激しくないとおもしろいもんなんて作れないだろと思った。

(09.19)

トーキョードリフター

今日、『トーキョードリフター』という自分のCDが発売された。松江哲明さんから声を掛けてもらって参加した映画の主題歌をメインに自分で再構築してCDにした。参加してくれたアナログフィッシュとは古い付き合いで、初めて会ったのはもう十年前くらいになる。

下北沢の小さなバーで弾き語りを始めた頃で、彼らも長野から上京してきて、東京でライブを始めていた。彼らはそれからメジャーレーベルと契約してフェスに出まくったりテレビアニメの主題歌をやったりとにかく活躍していた。僕はといえば高円寺で細々とライブをやったりバンドを組んだり、解散したり、また歌い始めたりとじりじりしていた。と話し始めるといじけ話になってくるのでやめようと思うが、今、発売されたばかりの音源を聴いていて感慨深い。

アナログフィッシュにアレンジをすべて託して録音した一曲目の「トーキョードリフター」。こんな日が来るとは思っていなかった。俺は一度東京を捨てて埼玉に戻った時期があった。半年くらいしてまた東京に戻ったけど、東京なんてなんだというのだろう。もう放射能だってそこら中に積もってるに違いないのに、こんな使い古された憧れの街、いったいなんだというのだろう。いつだって捨ててやりたいと思うけど、確かにここには夢があった。そして同じように東京に来たアナログフィッシュがいた。これからさらにしんどい時代になりそうだけど、いつだって東京なんて捨てる準備はできている。でもこの「トーキョードリフター」をまたこれから先聴いたら、何かが疼いてしまうのだろうと思う。

（12.14）

コーヒーブルースの矢

練馬に住んでいた頃、歌を書くのはもっぱらマクドナルドだった。

いや、正確にはマクドナルドで、だった。が、今書き損じて、気づいたことがある。実際にマクドナルドが書いたような曲はいくつかあったのだ。

練馬に住んでいた頃、私の道は感情七号線だった。

いや、正確には環状七号線で、これはマックが変換ミスした。が、変換ミスしたのはマックだけでなく、私も勝手に誰かの感情を変換してそれを歌にしてきた。

コーヒーブルースという曲があって、古くはミシシッピ・ジョン・ハートという人が最初か。日本では高田渡が歌っている。

僕もある時からコーヒーが好きになった。きっかけは当時付き合っていた恋人で、彼女が喫茶店に僕を連れて行った。二十歳の時だ。遅すぎるコーヒーデビューであったが、そこの濃いコーヒーは僕をたちまちコーヒー好きにさせた。

何を今まで怯えていたのか。もしかしたらそこで流れていた音楽が良くて、ついその雰囲気に呑まれただけのことかもしれない。その恋人と別れてからも、僕はその喫茶店に通い続けた。今もたまに行きたくなる。そこの窓から外を眺めていると、まるで映画の中にいるような気分に浸れる。昔は金がなくて一杯で粘ったものだが、今ではワンモアカップオブコフィ。フレンチローストからイタリアンローストへ。

ディランの『欲望』というアルバムの中に入ってるのは「コーヒーをもう一杯」という曲だが、僕が「コーヒーブルース」という曲を書いた着想は、同じアルバムでも、「ハリケーン」という曲からだ。いや、実際はコードも似てないが、なんとなくこういう曲を書きたいという気持ちがあった。ただそれは歌詞が出来てからの話だ。

環七は、東京とも埼玉とも言い難い風景が夜の下、光る。その道を北上していけば埼玉に繋がるし、南下すれば海に出るのか、分からないけど、練馬はちょうど東京の端、という感じの風景だった。埼玉で育った自分には東京の入り口だったし、新宿や渋谷からすれば、練馬は尻尾のような場所だったのかもしれない。ここからまだ都会への憧れと焦燥感みたいなものをジリジリ燃やしていた。

そしてマクドナルドは絶好の創作場所だった。環七沿いのマックや練馬駅前のマック、そしてコーヒーブルースという曲を書いたとしまえんのマックでは、今でも歌い続けている曲をたくさん書いている。

歌詞の中に出てくる「僕が欲しいのは一杯１２０円のコーヒブルース」というフレーズは、マイケル・ジャクスンの『ディス・イズ・イット』という映画を観た直後に書いた。マイケルはカッコよかった。だけど自分には程遠い存在に思えた。

自分だったらなんだろう。この時代で、自分にしか書けない曲とはなんだろう。いや、自分にしかない感情、だけれどみんなの感情と響き合うものとはなんだろう。そんなことをコーヒーを飲みながら考えていた。目の前にはマックのコーヒー。あれ、ここにあるじゃんか。現代のコーヒーブルースが。そこからは早かった。

いや、毎日ノートにスケッチしている情景で繋がるものを探した。違う日の情景が一番になり、またちがう日の情景が二番になり、サビで繋ぐような、そんな強引な作り方が出来るようになっていた。

駅前のマックには、そこを宿代わりにしているようなホームレスの人たちがいる。一見寛容そうに見える店の態度だが、こういうホームレスの人たちを作り出しているのも、またこうした大企業の搾取が引き起こすことで。当時はそんな感情もあった。今ではむしろマックもキツそうだ。まだこの曲を書いた頃、二〇一〇年頃は、風刺とスケッチと歌心はギリギリ噛み合っているように自分では感じていた。

今は……どうだろう。怒りも見えにくい。それは自分が新宿に住んで、練馬にいないからかもしれない。あるいは時代か。それはわからない。ただひとつの矢は、間違いなく何かに向けて放たれていた。それはもしかしたら今の自分に向けて、なのかもしれない。

詩のような　7

声

二〇一一年にやったライブは六十七本。ライブをやっている場合ではなかった気もする。考えることをやめたくてライブをしていたのかもしれない。貧乏性だからライブをたくさん入れてしまったのかもしれない。
二〇一二年、もうとっくに未来へ突入しているのに、自分は人生を抱きしめていない気もする。二〇一一年最後のライブは、体が軽くていくらでも歌える状態だったけど、一瞬言葉のスピードが落ちているな、と感じた瞬間があった。歌に言葉がついてこない、歌が、いや声が先に行ってしまっている感じ。そういう瞬間を年の最後に感じられて良かった。置いて行かれたのは言葉なのか、心なのか。

（2012.01.01）

冬のレヴァリー

お気に入りの喫茶店がひとつ増えた。ライブも少し減らして、リュックに本をつめて、ただ喫茶店に通って物思いにふける。新しい言葉が自分の気持ちを飛び越えて行く。それを歌にすれば良い。いや、それを歌にしなければいけないのだ。

昨日買ったCDを聴いている。年末にいただいたコーヒー豆を挽いて飲んでいる。手が少し冷たい。二月の末になれば春が少しやってくるのを知ってる。それまであと一ヶ月ちょっと。冬の光は美しい。春は相変わらず怖い。ジョー・ヘンリー『レヴァリー』。音が言葉よりも見せてくれる。

(01.16)

酒の神・歌の親

酒を飲み過ぎた。焼酎があまり得意ではないので、最近はウィスキーを飲むことを始めた。田村隆一がウィスキー好きだったので、真似してみようと思った。

昨日、加地等一周忌飲み会。歌って、飲んで、呑まれた。最後の歌を全員で歌った後、恥ずかしげもなく泣いてしまった。こんなんで加地さんは喜んでいるはずがない、生きているうちに、やっぱり、聴かれている、という実感が欲しかったはずだ。たくさんの人に自分の歌が届いている、という実感が欲しかったはずだ。こうやってみんなに歓迎され、歌いたかったはずだ。そんなことを思ったら切なくなった。

泣きじゃくった後、また飲み始めた。いろんな人と話したけどよく覚えていない。大きい声でうるさかったと思う。最後は男四人で富士そば食って帰った。暖かい夜だった。

（02.03）

春

ポール・サイモンのおかげで春はそんなに嫌いではなくなった。なんでもっと早くサイモン&ガーファンクルを、ポール・サイモンを聴かなかったのか。でもきっとこのタイミングだったんだろう。

桜がいつの間にか咲いていて、心は置いていかれてる。ギターを修理に出して、神保町で古本屋をぶらぶらし、喫茶店でナポリタン、ビールも頼んでしまう。気が滅入りそうになったらビール飲めばいい、これでイヤホンして音楽かければちょっとはまし。

新宿移動してツタヤに行く。ベルクでビール。

最近歌詞を書いていない。街を見なくなった。街に入っていく感じの方がいい。たぶん新しい歌の形が出来てくるんだと思う。

(04.05)

札幌の地で

札幌はいい街だった。街中なのに大地を感じる。歩いていてまっすぐ遠くに山が見える。夕暮れ時に空気を吸い込むと、妙に懐かしい気持ちになり、こういうの東京でも味わっていたよな、と切なくなった。

ここならもう一度やり直せるかもしれない、という変な感情がふと湧いた。

(04.21)

街の劇場

神奈川の大和ミュージックへ。小田急線に揺られてはるばる来たが、駅前にありました純喫茶。なんでこんなところまでやって来て、純喫茶でメロンソーダなんて飲んでやがるのだ。

僕はただ、何かに惹かれるように、と同時に何かから逃れるように、ヌード劇場巡りをしているのであります。踊っている当人が自分の踊りに酔い過ぎてもいけないし、かといって見せることだけに集中しすぎてもダメなのであって、なんてことを考えながら大きな拍手は忘れません。

ぷらぷらと駅の周りを歩いて、ストリップ小屋が残っているんだからと古い飲屋街を探して、暖簾をくぐってひょろっと入った焼き鳥屋でぼーっとテレビを眺めていた。テレビからは、福島第一原発四号機で燃料棒を取り出す作業をしているとのニュースが流れている。こんな一大事にオレは女の裸を眺めて日々をやり過ごしているのか。一瞬、自分は不真面目だなと焼き鳥をかじりながら思った。でもなぜか体は向かってしまうのだ。

大義はない。知らない街に劇場があって、そこでは必ず踊り子さんが裸で踊っている。毎日毎日、裸で踊っている。知らない街にそれを観に行きたいだけだ。踊りをみて、うっとりしたい。そこで流れる歌が、どんな状況で聴く歌よりも、活き活きと艶っぽくそしてわびしく聴こえる気がする。

(07.18)

阿久悠トリビュート・ナイト

急遽決まった「人間万葉歌/阿久悠トリビュート・ナイト〜5回目の命日に怪物作詞家

を偲ぶ」というイベントへ参加。八月一日、阿久悠さんの命日に。

リリースしている「花のように鳥のように」を練習して、もう一曲あった方が良いなと思い、夏になると必ず読み返したくなる上村一夫の漫画『関東平野』から阿久悠の詩を引用して曲を付けた。リハまで三時間。

「白い光の夏まつり」。八月十五日の終戦の日のことを書いている詩なのだけれど、「日本負けた日本負けた」というフレーズが、今の日本の状況に繋がっていると思った。

でも、負けたということをちゃんとしなかった、いや、ちゃんと負けさせてくれなかった。本来負けたからいろいろなものを背負わされているはずなのに、何か肉体的なものが欠けて迷走を続けているような。

漫画の中の青空と今の青空を重ねて、すーっと曲が付けられた。引き付けられるように、詩の方から、漫画の方から、くいっと引っ張られた気がした。

阿久悠が盟友・上村一夫に寄せた一遍の詩。それを受け取って上村一夫が描いた夏の空。そのメッセージが今年の夏に響くという偶然と必然。先人たちの作品から、ふと答えのようなものがポロッとはがれ落ちる瞬間がある。この詩も歌ってみたら何かがはがれて「今」にくっついた。答えではなく、応え。

（08.08）

朝のカエターノ

上村一夫『本牧お浜』を読む。上村一夫の描く女の表情、男の表情はなんであんなに人間よりも人間らしいのだろう。朝はカエターノのライブＤＶＤを観た。カエターノの歌は棒高跳びのしなった棒だ。しなって、飛ばす、遠くまで、連れて行ってくれる。部屋にはカエターノのボックスＣＤと上村一夫の漫画本だけでいいのかもしれない。あとギターがあれば。と思わせてくれるほどだった。

（09.20）

信号待ち深夜二時

スタジオを出て夜中の二時、コンビニからふらふら千鳥足で出てきた女性、両手をちょと泳がせて、軽く踊っているような、商店街に消えて行った。後ろ姿でも笑っているのがわかった。ずっと酔っていられたらなと、信号待ちのバイクにまたがりながら思った。

今年も一年が終わる。大切な一年だった。

（12.20）

二〇一二

今年一番聴いた曲は、ランディー・ニューマンの「I MISS YOU」という歌。

誰かを失うことは、美しいことなのか。今年も沢山の人に出会った。いつか会わなくなるまで。また、会いましょう。

（12.31）

III

父の気持ち

今年の夏はそんなに暑くなかったが、埼玉の実家に父の墓参りに行った八月十五日は痛いくらいに陽射しが強かった。墓の前で見せようと思い、自分のことを載せてくれた雑誌や自分のＣＤを持って行った。

十九歳の頃、写真雑誌に投稿していた時期があった。モノクロの写真で、自分の気に入ったものを焼いては投稿していた。月に一度コンテストがあり、金銀銅と賞があって、小額ではあったが、賞金も出た。その頃は、自分の写真は天才的だ、と思っていたが、なかなか入賞することはできなかった。

しばらく投稿を続けていたある日のこと、家に帰るとその雑誌から封筒が届いていた。まだ実家に住んでいたので、母からあんた何か届いているよ、と教えられ、勢いよく封筒を破いた。中から出てきた紙には「銀賞」と「賞金五千円」の文字があり、そういうことは初めてだったので、ぼくは思わず雄叫びをあげガッツポーズをした。自分の声があまりにも大きかったので、ソファで寝ていた父が起きあがってきたが、なんだよお前五千円くらいで喜んで、と言ってすぐ去っていった。もう少し感心してくれてもいいんじゃねえの、と正直思った。とりあえず部屋に戻ってその紙をしばらく見つめていた。

自分の写真が載った雑誌は無事に発売され、嬉しさのあまり何度も本屋でそれを眺めていた。それから一週間くらい経った頃、家のテーブルにその雑誌が置いてあり、自分は買ってないので、最初は、ん？　と思ったが、丁寧に蛍光色の付箋まで貼られていたので父が本屋で見つけて買ってきたものだということがすぐにわかった。父はそのことに特に触れなかったので、僕も何も言わなかった。

二十歳になって家を出てからは写真よりも音楽に興味を持ち始めたので、歌を作りライブもするようになった。が、ちょうどその矢先に父は急に死んでしまったのでライブもCDも聴かせることはできなかった。

墓地を囲む森では、東京で聴くよりはもう少し粘り強い蝉の鳴き声が、じりじりと何かにしがみついているようであった。父に見せようと持って来た雑誌とCDも、いざ墓の前に来るとなんだか変な行為だなと思ってしまい、結局リュックから出すことはしなかった。

父親が好きだったビールを湯飲みに注ぎ、献杯し、残りは自分が一気に飲み干した。父

に歌の感想を聞きたかったが、自分には、もう、歌を歌うことくらいしか出来ないのだな、
と蝉の声を聞きながら思った。

ボブ・ディランの言葉、そして音楽

ディランの「言葉」について何か書いてほしい、という依頼をいただいた。ディランの音楽は好きでずっと聴いているが、歌詞はほとんど見たことがない。歌詞を見なくてもなんとなく気分が伝わってくる。それでいいと思っている。言葉が分からないのに気分が伝わってくる、というのも不思議だなと思うが、それはおそらく、歌声に、音に、彼の意思や歌詞の意味が十分に含まれているからなんだと思う。送っていただいたディランの自伝を読んだ。ディランは自伝の中で歌を書くことについてこんなふうに言っている。

「歌がやってくるのをみつけて、それを招きいれるというようなことではない。そんなに簡単ではない。（中略）自分が何を言いたいのかを知り、それを理解し、ことばに置き換えなければならない」

今、歌詞の重要性について、誰もここまではっきりと言わない。僕が歌詞を大事にするのは、最終的には音楽的な響きに影響する、と思っているからで、だからこそこのディランの言葉は嬉しかった。ディランは歌を書くことについて、こう続ける。

「創作には経験や観察や想像が深くかかわっていて、この三つの重要な要素がひとつでも欠けるとうまくいかない」（以上、ボブ・ディラン『ボブ・ディラン自伝』菅野ヘッケル・訳）

「創作」を「歌」に置き換えても良いと思う。ディランは「フォークソングは思想、社会、政治、あらゆることを歌える」というようなことも言っている。要するに歌はすべてなのだ。身体が発する音楽なのだ。それをディランはずっとやってきている。今日本語が面白い歌を僕はほとんど知らない。数名の顔が浮かぶが、あまり売れているとは正直言いがたい。ディランが売れたのは、歌詞だけに魅力があったからだとはもちろん思わないが、彼が世界を凝視するその熱い塊は、まずは言葉であっただろうし、それがギターの響きで美しく溶け、音楽となったのだと思う。いや、美しく、だけではなく、激しく、もあっただろう。それがどうやら自伝の二巻へと続くらしいのだが……。読みたくてしょうがない。またディランに吸い込まれてしまった。

今月の三枚

――十二月

今は二〇一三年十二月二十五日、クリスマスの朝です。朝起きてお湯を沸かし白湯を飲んでいます。BGMはよく行く喫茶店で買ったレコード。KEITH JARRETT とJACK DEJOHNETTE という人のDUOアルバム『RUTA AND DAITYA』、普段ジャズなんてほとんど聴かないのですが、名作、と小さく店主のメモが挟まっており、買いました。まあそんなもんです。最近起きるとこれ聴いています。起き抜けの体にゆっくり沁みて気持ちいいです。これから半年間こんな感じで聴いている音楽を紹介していきます。昨年はアルバムを二枚出せました。今年もアルバムつくりたいと思っています。今回は女性誌ということで、女性ミュージシャンの三作を選びました。

VANESSA PARADIS『Love Songs』

ルー・リードが亡くなったとき、彼の歌声をなぜか聴けなくて、その代わりに聴いたのがヴァネッサ・パラディでした。ルー・リードの曲をカバーしていてそれがちょうど良かったので。そしたらぐいぐいヴァネッサに引き込まれて旧譜新譜を全購入。表題曲カッコいいです。

NINA SIMONE『AND PIANO!』

ピアノと歌だけの極上モノ。中古で五百円くらいで売ってます。たった五百円で生きていることが美しいと思わせてくれるなんて。死にたくなったときに聴くと命拾いします盤。

MARY LOU LOAD『BABY BLUE』

つき合ってた恋人が好きだったので、借りて聴いてました。別れてから自分で買いました。元気なくてちょっと歩き出したい時に聴きます。

——一月

ファッション雑誌が好きな皆さんにお勧めする本、北沢夏音さんの『Get back, SUB!』。

昔、一九七〇年代に『サブ』という伝説の雑誌があり、それを巡る話で、女性ファッション誌の地平を切り開いてきた気鋭の編集者・淀川美代子さんが登場するシーンもある。私はこの本を読んで競馬に行きたくなった。行った。荒木一郎を聴きたくなった。聴いている。こればかり聴いている。風に吹かれている気分になれる。人生なんて軽いものだ、と。

さて今月の三枚行ってみましょー。春遠からじ、の三枚。

Tim Hardin『Bird On A Wire』

冬のまだ寒い朝に、これを聴く。珈琲もいいけど白湯もいい。ストーブをつけて、ゆっくり体を起こす。さて今日もゆっくり始めよう。もうちょっと朝にまどろんでいよう。そういう時に。

Benjamin Biolay『Best of Benjamin Biolay』

新千歳空港から札幌まで走る電車の中でずっと聴いていた。十一月末、東京はまだ秋だったけど北海道は雪が降っていた。真白な雪景色の中ばっちりハマった。人生を映画にしてくれる一枚。

SAKANA『BLIND MOON』

「凍てつくような冬の陽ざしに」という歌詞で始まる二曲目の「Miss Mahogany Brown」、この曲が大好きでよく聴いた。アコースティック・ギターの駆けてゆくようなアルペジオは春へと向かう。

――二月

この便りが届く頃には、もう桜が咲いているのかもしれません。最近インフルエンザにかかり、発熱してから五日間、外へ出ては行けないということだったので、部屋で丸くなっていました。近所の古本屋が閉店してしまうということで全品半額セールをやっており、その時に沢山買っておいた本をゆっくり読んで、それにまつわるCDをかけてゆっくり過ごしました。そんなインフルエンザの時に聴いた三枚です。

ウェス・モンゴメリー『フル・ハウス』

エイドリアン・イングラムという人が書いた『ウェス・モンゴメリー』という本を読みました。この本を読みながら買って聴いてなかったこのCDを聴きました。彼のことが好きになってしまいました。

セルジュ・ゲンスブール『ゲンスブール版女性飼育論』

ジル・ヴェルランという人が書いた『ゲンスブールまたは出口なしの愛』（永瀧達治、

鳥取絹子・訳）という本を読みました。この本を読みながらあんまり聴いてなかったこのCDを聴きました。ゲンスブール熱発症です。

ポカムス『ビビンバババンバ』

寝込んでいてなぜか聴きたくなり聴きました。福岡のバンドです。音も曲も演奏もカッコ良く洋楽のロックの名盤と聴き比べても遜色ないデカさです。元気になりました。

――三月

昨年末に出した『ハッピーランチ』というアルバムのツアーが始まり、全国各地を回っています。初めて訪れた尾道は、駅を降りて少し歩いただけでみんなが「良い街だ」というのが納得できました。これから六月までいろいろな土地を回ります。お近くの街で、気が向いたらぜひ。会場で会えたら嬉しいです。最近聴いていたCDを三枚紹介します。

ドロレス・ケーン『ソリッド・グラウンド』

朝起きて二曲目から流します。ざわついた毎日に心を落ち着かせたい時に流します。小学校の時に歌った歌のようなメロディも感じ、少し切なくなります。心地良い切なさです。

James Booker『Spiders on the Keys』

憂鬱な夜もちょっと明るくなるので、何日間か毎日聴いていました。繰り返し聴いていても飽きのこない不思議な毎日でした。

荒木一郎『D.M.』

今年に入ってずっと私の心を掴んで離さないのが荒木一郎です。CDも揃ってきました。日本語でもここまで色っぽくクールに振る舞える歌唱があるんだ、ということに驚きと希望をもらえます。

――四月

今私は佐賀県の嬉野温泉の大村屋という旅館でこの原稿を書いています。昨日は嬉野観光秘宝館という所でライブをしました。この秘宝館が三月いっぱいで閉館するということで最後に「嬉野秘宝館のお葬式」というイベントが開かれたのです。数々のエロ人形のハーレムの中で思い切り歌いました。ということで今回は旅行観光旅の途上で聴いて良かったものを三枚紹介します。

Vincent Gallo『when』

十年ほど前、原付スーパーカブに乗って熱海の方まで出かけました。小田原城で一泊野宿して、翌朝熱海にたどり着きました。重い雲が立ちこめた桃源郷熱海に、ギャロの音はハマり過ぎていました。

John Lennon『Imagine』

十八歳の夏に、受験勉強をあきらめて某高原ホテルへ住み込みのバイトをしに行きました。草原に寝転がってひたすらこのアルバムの「Oh Yoko!」という曲を聴いていました。

加地等『トカレフ』

一曲目の「フェラチオしておくれ」という曲も良いですが、旅にぴったりなのが三曲目の「春の電車」でしょう。たまの休日に、うららかな春の日差しの中、電車で旅にでも出かけたいですね。

――五月

外からは祭り囃子が聞こえてきます。今日は五月二十四日、新宿は花園神社の例大祭という祭りで八町ぐらいの神輿がそれぞれ花園神社に集合し、明日の日曜日には伊勢丹辺りの大通りをわっしょわっしょいと練り歩きます。この祭りが終わるとザーッと雨が降っていよいよ梅雨に入ります。雨降りの日は家でゆっくり音楽でも聴いていたいものですネ。さて今月の三枚にまいりましょう。

桃井かおり『ONE』

なぜこのアルバムを買ったかというと、ある高名なお方がプロデュースしているからという、ただそれだけの理由だったのですが、聴き出したらすっかりハマってしまいました。顔も歌声も最高です。

Jimmy Giuffre『The Jimmy Giuffre Clarinet』

なぜこのアルバムを買ったかというと、ある高名なお方がこの人のことを好きと言っていた、ただそれだけの理由なのですが、聴いたらすっかりハマってしまいました。今一番聴いています。

DON CHERRY『ETERNAL RHYTHM』

なぜこのアルバムを買ったかというと、ある高名なお方が本のあとがきで「そうだドン・チェリーの〈ETERNAL RHYTHM〉でも聴こう」と書いていたので。うわ、外の神輿の太鼓の音とこのアルバムのリズムが絡み合ってる!!

――六月

ツアー中に重たい機材を持った時、変な持ち方をしたのだろう、腰にツーンと甘い痛みが走った。これはマズいかもなと一瞬思ったが、そのままライブをして東京に戻って来た。体調がすぐれないので葛根湯を飲んでしばらく寝ていたが、夕方くらいにベッドから起き上がると、今度は腰の奥の方で、チュキン、と鋭い痛みが走り、そのまま床に崩れ落ちてしまった。これはもしかしたら……。ひとり住まいの私の脳裏には「介護」の文字が浮かんだ。ソロはいろいろ大変だ。そんなわけで今回はギター一本と歌だけで魅せてくれるソロ・アーティストの三枚を紹介します。

三上寛『寛』

「オートバイの悲しみなんて誰も唄にはしないだろうが、それに較べて人間の悲しみの唄はなんて多いことだろう」と歌われる「オートバイの失恋」。三上寛さんはフォークとも演歌ともロックとも形容しがたい〈にほんの歌〉に挑み続けている。

ATAHUALPA YUPANQUI『Para Rezar en la Noche』

ユパンキはアルゼンチンの古い民謡、ジャンルは〈フォルクローレ〉と言われているが、その第一人者で、クラシックギターと低い声で魅せてくれる。歌は人間と自然の交流のためにあったのかな、と思わせてくれる。大地が欲しくなる。

坂口恭平『Practice For A Revolution』

ギターと歌だけのアルバムで一番大事なのはリズム・フィーリング。その人にしか出せないグルーヴ。それは最初は借り物で良いと思う。寛さんは演歌、ユパンキには民謡があっただろう。そして坂口くんにはブラジル音楽か。革命はそれから。

——七月

写真立てにはヴィンセント・ヴァン・ゴッホの絵はがき。夏だからヒマワリ、はやめて夜の川の風景。夜空には星。町灯りが川面に揺れる。工場地帯だろうか、違うかな、右下には男女が腕を組んでいる。心中するのだろうか。心中は今は流行らないのかな。そういえば一年前くらいに近所のオフィスビルから身を投げた三十代の女性がいた。あとでスナックのママから聞いた話、どうやらこの女性、そのビルの持ち主と不倫関係にあったという。女性は下にいた人にぶつかって命に別状なし。さてその後のことは……この三枚を聴いて想像を膨らませるしかない。

ZE MIGUEL WISNIK『INDIVISIVEL』

ブラジル音楽について調べていた時にたどり着いたブログ「三度の飯くらい音楽が好き」。確かそんな名前だったけど、久し振りに覗いたらこのCDが紹介されていて買ってみた。ブログ主さんありがとう。これはこの夏いちばんのCDかも。

JEFF LYNNE『LONG WAVE』

「SHE」という一曲目の最後の四小節、これをひたすら聴いている。このハーモニー、コード感。十八歳の頃ひたすら聴いていたビートルズの「リアルラブ」みたいな中毒性。あの頃にも増して今音楽が好き。

春日八郎『春日八郎全曲集』

祖父の自慢の同級生だったという春日八郎さん。春日氏がテレビに出た時に故郷の友人ということで呼ばれたのか、スタジオで一緒に写ってる写真が母の実家の古いアルバムにあった。この高音のよれ具合、流浪人になりたくなるね。

私的加藤和彦ベスト5

①「光る詩」
②「黒船（嘉永六年六月二日）」
③「悲しくてやりきれない」
④「あの頃、マリー・ローランサン」
⑤「花の香りに」

加藤和彦さんの音楽にはほとんど触れてこなかった。そんな私に編集部から原稿の依頼があった。困ったなと思ったが、嬉しかったのと、これをきっかけに何か始まりそうな予感がして書かせてもらうことに決めた。

それからいろいろ聴いた。図書館で借りたりレンタルしたり買ったり。たくさんＣＤがあった。

その中でいちばん好きになったのが「光る詩」という曲。何回も聴いた。二〇〇九年の十二月、寒くなってだんだんと年の瀬が近づく頃、昼間の陽の光が綺麗で、そんな中この歌を聴いていると不思議としっくりきた。夜には街のネオンが瞬いて、その中でもよく聴いた。ささやかな歌だけれど「大きなもの」を感じた。街全体を包み込むような、そんなきらきらした光のような音楽だった。

「黒船（嘉永六年六月二日）」もよく聴いた。イヤホンからこの曲が流れ始めると街がうねりだし、そのまま街が大きな船となって動き始める。そんな「大きな旅」を感じさせてくれる曲。

「悲しくてやりきれない」は聴いていたら歌いたくなったので最近ライブでカバーさせてもらっている。聴くよりも歌う方が悲しみを感じる。それを噛みしめて燃やすように歌っている。

「あの頃、マリー・ローランサン」は弾む音と甘いメロディで幸福感さえ漂うが、何度か聴いていると危険な香りがしてきて少し不安になる。が、癖になるので聴いてしまう。

「花の香りに」は好き。加藤さんが亡くなられてからその音楽を聴いているが、これからよろしくお願いします。

カラオケのこと

カラオケの力を信じている。歌は歌い継がれてきた。その現場が今まさにカラオケにあるのではないかと僕は思っている。友人たちとカラオケに行く。年に数回しか行かないが、そこで友人が熱唱する聴いたことない歌に、何度ハッとさせられたことか。それはこの街だけではなく、あの街、ずっと遠くの町でも起こる。

この前佐賀にライブに行った時のこと、誘ってくれた方達と場末のスナックに入った。僕は店に入ったばかりだという黒い服を着たちょっと無口な女の子、いいなと思っていた。ベテランの子達があゆ、倖田來未と歌って、その子が一曲だけ歌えるんですけど歌っていいですか？　と言った。「もちろん、歌って歌って」と答え、歌い始めたのが「渡良瀬橋」。僕は不覚にもその名曲を今まで知らなかった。その子が歌い出した瞬間、そのたどたどしい歌い方、モニターに浮かぶ歌詞に一瞬で身震いし、聴き入ってしまった。こんな名曲をなぜ今まで知らなかったのだろう。それから東京に戻ってすぐにＰＶを探しＣＤを買った。

もちろん何回も聴いたけど、あの時のあの子の「渡良瀬橋」を未だ越えるものはない。それから僕はライブでこの曲をカバーし始めた。僕にとってこの曲は、あの場末のスナックのカラオケと深く結びついていて、そういう経緯で好きになった、という事実もけっこう気に入っている。

街の中でそういう場所を生み出すことが出来るカラオケを僕はすごいと思うし、そうやって自分の曲がどんどん歌い継がれていったら、歌も喜ぶんじゃないかと思う。そんなカラオケに入った初めての曲、「友達じゃがまんできない」。僕はまだカラオケで歌ってないけど、知らない街で誰かが歌うこの曲がカラオケから聴こえてきたら、それはとても素敵なことのように思うし、そうやって知らない街で歌われるような曲をどんどん作っていきたいと思っている。

西港へ

今年、歌で泣いたのは二度。ちあきなおみのＣＤを聴いた時と、坂口恭平の歌を聴いた時。坂口くんからは不定期で歌のデータが届く。ヤバいのできちゃったから送るね。そう電話が来る。僕は彼と電話で話す時、体調が良くないとうまく話せないから、体調が悪い時は電話に出ない。すると留守電に入っている。マエケーン、また歌できちゃったからーデータ送るねー。そんな感じで、僕のパソコンには坂口恭平フォルダが出来てしまった。

彼のように才気ほとばしる人間を許容できるほど、僕には度量がない。僕は編集者でもプロデューサーでもない。だから他人の名前がそのままフォルダ名になっているようなものをパソコンの中に置くことはない。でも僕は彼の歌が好きだから、どんどん送られてくる曲のデータをとりあえずフォルダ内に放り投げて寝かして、聴く準備が出来た時に聴くようにしている。

最近もしばらく放っておいた曲を聴いて泣いた。「ゴルフ」という曲で、ギターのコードは三つしか使ってないシンプルなものだったが、歌が生まれた瞬間が、真空パックされたレタスが袋を裂くとぶわっと元気よく飛び出してくるように、あらわれた。

紺のゴルフに乗って行こ
阿佐ヶ谷駅の並木道
忘れらないあの風を
僕は遠くで感じてる

君がくれたのど飴舐めて
あの日のキスを思い出す
二人で決めたあの時間を
いつか一緒に笑いたい

坂口恭平(以下同様)「ゴルフ」

なんてことない歌詞だけど、僕は泣いた。少し沖縄っぽいメロディはなぜそうなのか不思議だったけど。それから「二人で決めたあの時間」というのがよく分からなかったが、もしかしたら「二人でキメた」という歌詞なのかもしれない。そうするとその後の歌詞がうまく繋がる。

それから同じアルバムに入ってた「休みの日」という歌も良かった。つづけて「ひとつの鍵」。この三曲が入ってるのが『ルリビタキ』というアルバム。たぶん一番新しいアルバムなのだろうが、今までのアルバムの中で一番シンプルで歌は真っすぐだ。曲によってアコースティックギターとナイロン弦のガットギターを使い分けているところがニクいが、それが坂口くんの歌に対する丁寧さなのだろう。どういう音が歌を活かすか。それは一貫してどのアルバムにもある。

『Practice For A Revolution』というアルバムのアコギのカッティングの気持ちよさ。このフィーリングはもう坂口フィーリングとしか言いようのないものである。ボブ・ディランにしかないフィーリング。カエターノ・ヴェローゾにしなかいフィーリング。三上寛にしなかないフィーリング。坂口恭平にしかないフィーリング。このアルバムに入ってる少女時代の「Gee」のカバーを聴くとよく分かる。

音楽で一番大事なのは、その人にしかない音を出せるかどうか。その人にしかないフィーリングを出せるかどうか。声はもちろんそうだけど、意外にギターの音なんかにその人の個性は出る。坂口くんはその音の部分にかなり敏感な気がする。しきりに「俺のアイフォンのボイスメモでマエケンの弾き語りアルバムを作ろう」と誘ってくれるのは彼なりのこだわりの「セッティング」があるからだろう。

坂口くんは小説を書いたりいろいろやってるけど、僕は彼の音楽が一番好きだ。本も数冊持ってるけど、面白いけど、繰り返し聴くのは彼の歌。少し調子っぱずれだけど、歌心がビンビン振れてる。

最初にその歌心の波に触れたのは「雨の椅子」という曲を聴いた時だろうか。

もらったCD-Rには『TAPES』と書かれていた。いや、これは勝手な記憶の捏造か。覚えていない。とにかくiPodの中にそのアルバムが入っていて、僕は「雨の椅子」と「骨」という曲を繰り返し聴いた。はっきりと覚えているのは、雨の日に都バスに乗って濡れた車窓を眺めながら、あれ坂口くんて音楽がいちばんいいじゃん、と思ったことだ。特に「雨の椅子」の歌詞に、詩人だ、と思った。

雨の椅子は一瞬でこぼれた
僕はそのまま倒れた

「雨の椅子」

これを聴いて僕は初めて彼に電話をした。伝えたかった。歌、ヤバいじゃん。と。それからささやかなイビツな交流が始まった。イビツというのは、とにかくデータがどんどん送られてくるということ。何度かデータが来ては彼に感想を伝えたが、二度目の大きな感動は「西港（にしこう）」という歌を聴いた時だった。ダウンロードした音源をしばらく放ったらかしにしてたのだが、ふと聴いてみようと思い聴きはじめたら、ボロボロと涙が止めどなく流れ出した。

「西港」

光射し込む電車の窓辺
疲れてた君の肩の横で
石段登ってゆこう
海のみえる街へ
口笛が風に乗りゆくよ

たったこれだけの分量の歌詞を二回も繰り返す強引な曲構成。一番も二番もこの歌詞なのである。そんなのアリかよ、と突っ込みつつもぐしゃぐしゃに泣いていた。疲れていたのかもしれない。ただ参っている時に聴ける歌なんてそんなにあるものじゃない。歌っているのは彼の奥さんのフーさん。前記した「雨の椅子」もフーさんが一緒に歌っている。さらに「春の亡霊」という曲まで。僕が好きな曲はすごい確率でフーさんが参加していることになる。この文章を書くまで気づかなかったが、坂口くんがフーさんに歌って欲しい、と思う時、いったいどんな感情が発動しているのか。それは出来ればずっと内緒にしておいて欲しいが。

最後になるが、僕はこの「西港」が好きだったので自分のライブで歌ったことがある。二番を勝手に作ってやろうと思ったのだが、うまく書けなかった。この歌詞は他の世界を寄せ付けようとしなかった。やわらかい歌だが、付け入る隙のない強固さがあった。その時僕は、やっぱり坂口くんの歌は本物だと思った。一番を繰り返すというのは必然だったのだ。

彼から、東京でライブするから「西港」歌いにきてよ、と再度二番をつけて歌うチャンスがあったので、むりくり完成させて歌いに行ったが、やっぱりダメだった。しかも書いていった歌詞カードは歌った後その場で紛失した。そういうことか、と納得した。

いつか実際に西港に行けるなら、その時は「西港」の二番を作れるような気がしている。そしたら彼のアイフォンボイスメモで録音してもらう。しかしフーさんに、この歌詞じゃ歌えない、と言われるかもしれない。そうであって欲しい。

歌は生まれて人は死んでいく。何百年後かに、西港に吹く風に、彼らの歌声は乗っていることだろう。

いつの時代でも詩は風に舞いくちびるに触れたがっている

今年もディランは日本にやってきた。

前回、前々回とライブには行った。だけど今回は行かなかった。気分ではなかった。そんな折に、ラジオ局から特番を組むので出て欲しい、ついてはカバーもやって欲しいという依頼が来た。正直に、今はそういう気分ではないし、今回はライブも行かないつもりです、と答えた。その時は浪曲にハマり始め、桃中軒雲右衛門（とうちゅうけんくもえもん）という浪曲を世に広めた人の伝記本を読んでいて、ＣＤも借り、ディランどころではなかったのだ。この人ならディランに勝てるのではないか。そんなことをＣＤを聴きながら思ってもいた。

日本にもスゴい音楽があったんだな。ＣＤを聴きながら節を真似てみる。しかしできない。ぜんぜんできない。けっこう遠くまで来てしまっている。そんな苛立ちと、師匠を捜してまでは、という自分の浅い興味とで、本を読んで興奮するにとどまってしまった。もう体は英語圏の音楽に相当馴染んでいるのだな。その時確かにそう感じたが、それは絶望希望どちらの感情でもなかった。まあそういうことだ。そのくらいの感情だったかもしれない。

それからラジオの担当者がまた連絡をくれた。今回はライブに行かない、今は興味がない、という立場でも良いので出てください、と。なんか変な人だなと思ったけど、これは何か縁があるのかもしれない、と思い、条件付きで出させてもらうことにした。それは英語のカバーではなく、自分で訳して日本語で歌うこと。

ディランの歌詞は全詩集や全歌詞集など訳がいくつか出ていて、どれも分厚いので図書館で借りた程度だったが、ぜんぜんしっくりきていなかった。それはだいぶ前のことで、CDの対訳などを読んでもやっぱりしっくりきていなかった。だからディランの歌詞をちゃんと読んだことなんてほんとになかった。それでも僕はディランを聴けば彼の気分がよくわかったし、ケツを思い切り蹴飛ばしてアジってくれるし、だから歌詞を「読まない」ことになんら不自由さを感じていなかった。だけどせっかく今回こういう機会が来たのだから、と翻訳することにした(西條八十が、詩人こそ翻訳をやってみた方が良い、という意味の発言をしており、それがひとつ大きな動機になったことをここに記しておきたい)。

実際に取りかかった歌詞の翻訳。一番好きな曲「Love Minus Zero/No Limit」を選んだ。対訳を見るもやっぱり意味がわからない。歌声に耳を傾け、まず知らない単語を調べ、それを繋げていく。すると徐々にシーンが見えてくる。詩情も浮かび上がってくる。あれ、と思った。ディランの歌詞は難解だなんて言われるけど、手に取るようにわかる。すごく憂鬱な歌詞だ。「ダガーナイフでやっちまうの、やられちまうの、白昼の通りで」こんなにはっきりは言ってないけど、今の時代に訳すと詩情はこうなった。全体的に少し重くて、「それでもウィンクして女は星をちりばめた」僕にはそういう風に感じられた。「あなたは気づくだろう、夜空を覆っているのは傷だらけのカラスの羽だということを」そんなフレーズで締めくくられて、それを跳ねたリズムで希望あるメジャーコードで歌い吹き飛ばす。これがディランの真骨頂。そのためのアコギの低音のリズムなのだ。そりゃ世界中の人がディランに人生を救われたり狂わされたりするはずだ。なんてことはない、詩が最大限に生かされるための音楽をとことん追求しているだけなのだ。そして声はわざとダミ声にして、あのルックス。決して不可解な歌詞なんかではなく、深い洞察があるゆえに、少し照れてそれを煙に巻くための言動。そらがまた憶測を生んで、という風に神格化されていったのだろうか。

歌詞が大事だなんて、歌詞を書いている人間が口にするのはバカバカしいけど、シンガーソングライターというのは、冷めた街にも熱をもたらす、そういう仕事なのだと、ディランのノーベル文学賞受賞を機に思った。それはむしろ、今のこの国の街にこそ必要な作業なのではないかと、静まり返った街を眺めながら思っている。

街にはまだ、人のくちびるを震わせたい、そんな詩が、存在しているはずだから。

SHINJUKU AVENUE

新緑の季節に注ぐ光　そよぐ風　会社は口を開けて待ってる　足を前へ投げ出す

タクシーのドアが閉まって　季節はちょっとめくれた　イヤホンの音が体を流れる　マスクの下の口は笑っている

SHINJUKU AVENUE　神様の影に隠れて　SHINJUKU AVENUE　口紅でなぞって

スーツに流し込む野菜ジュース　風に戻

りたがるスカーフ　自分の背につっかえても　早起きのガードレール

あくびをさらった鳥と　信号待ちの犬　アリもきっと分かってる　この旅はいつか終わる

SHINJUKU AVENUE　ボーリングの球を投げるように　SHINJUKU AVENUE　遊ぶように会社に行く

SHINJUKU AVENUE　将棋の駒よりは賢くはないが　SHINJUKU AVENUE　神様の服を破きながら

神様の服を汚しながら

片山令子『雪とケーキ』

僕は天気のいい日でも思い切り息を吸い込むことが出来なくなった。雨の日もできるだけ濡れたくないと思うようになった。そんな人が少なからずいると思う、今、それでも、日々の仕事を続けている人がほとんどで、街はそこにいる人達がつくっているものだとしたら、その微妙な街の変化を、片山令子さんならどう見つめ、詩にするだろうか。

この『雪とケーキ』という詩集には、ささやかな、雨の日の、雪の日の、誤解を恐れずに言えば「ちいさなしあわせ」を見つけた詩人の言葉が、楽しそうに配置されている。配置と書いたのは、片山さんの詩を読んだ時に、一瞬、詩は言葉のデザインなのかも、と思ったからで、特に意味はなく、内容はほんとうに深みのあるものだった。何よりも言葉たちが活き活きとして見えて、片山さんは詩が好きなんだなと思った。

たとえば「雪が降ると時間が見える」という詩がある。タイトルを見ただけでも、詩人が窓の外に降る雪を眺めながら、気づいたことがあったんだということが伝わってくる。ようく見つめて、熟考して、やさしい言葉で紡いでくれて、驚きと喜びをじんわりと僕らに与えてくれる。雪が降る時のなんとも言えない時間、あの美しく遠くなるような瞬間を僕も知っている。そしてこの詩の最後の方には「過ぎてゆくことの／純白。」という一節がある。僕はこの一節で自分も生きて死んで消えて行くんだなというあたりまえのことを感じてツーとなった。

こんな日本の状況の中でも、この詩集は凛としていて、堂々として、態度を変えない。いい詩は持続するのだ。今、性急に詩人に答えを求めるのではなく、もう一度この詩集をできれば雪の日に読むことで見えてくるものがあるのかもしれない、と思った。

古本で買ったこの詩集には片山さんが誰かに送った謹呈のしおりが挟まっていて、サインと銀色の丸いハンコのようなものが押してあった。ハンコにはぐるっと英語で「a poem as an amulet」という文字が書かれていた。「amulet」は調べたら「お守り」という意味らしい。僕は勝手に片山さんからメッセージを受け取った気分になった。

本から聴こえてくる歌

上村一夫『関東平野』
星野道夫『旅をする木』
田村隆一『詩集１９４６〜１９７６』

古本屋で漫画や詩集ばかり探していた。

当時私は、明大前という駅から徒歩十分くらいのところにある千草荘というアパートに住んでいて、そこからスーパーカブという50ccの原付バイクでいろいろな街に繰り出していた。

ミュージシャンになることを夢見て部屋で曲をつくったり録音の真似事のようなことをしていた。音楽は好きだったがレコード屋にはあまり行かず、古本屋ばかり回っていた。レコード屋には音楽に詳しそうな人達が、レコードをトントントンと素早い手つきで見ている、あれが怖くて、そっとCDの新入荷の棚や、URCと言われる一九六〇年代後半、七〇年代に発売されたフォークの人たちのCDを探して、あとは邦楽の好きなバンドのシングル盤、そういうのをささっと見て店をすぐ出てしまっていた。そのかわり古本屋はゆっくり棚を見れたし、その空間が自分の肌に合っていた。

その時によく探していたのが上村一夫さんの漫画本だった。今みたいに復刻本があまり出ていなく、昔の版のものは高くて買えなかった。お金もなかったので、いろいろな古本屋を回り、文庫本が古本で売られているのに気づき始めた。それから古本でいろいろ集めた。『菊坂ホテル』『一葉裏日誌』『凍鶴』『同棲時代』『ヘイ！ マスター』、どれも見つけた時には嬉しくて興奮したのを覚えている。上村一夫の新しい漫画が読める、それだけで胸がいっぱいになった。どの漫画も好きだが、その中でも必ず夏に読み返したくなるのが『関東平野』で、今年の夏も、やっぱり読んでしまった。

『関東平野』は上村一夫の半自伝的な内容で、ちょうど戦争が終わる一九四五年の八月頃から物語は始まっている。小学生の上村少年が見ていた景色が、漫画の線からにじみ出てくる。

戦中の教育から急に戦後の民主主義教育に変わり、それに戸惑う大人達を冷静な目で見る上村少年。そこで価値観の指標となるのが、上村少年の祖父である。戦争が終わってから発見された、負傷した米兵を村人達が囲むシーンがあり、そこに現れた祖父は米兵に優しく接し、村人達を説得する。米兵を殺そうとする村人達に、もう戦争は終わったのです、と言いそれを守ろうとする祖父。

私はこの漫画を読む度に「真実」というものを感じずにはいられない。この本は私にとって「ほんとうのこと」であるような気がする。戦争が終わったらどうせアメリカ人に殺されちまうんだから、と、男と女が草むらで交わうシーン。それを見る上村少年。その男と女の心の動きを、情景を、上村一夫は丁寧にかつ大胆に、あるいは滑稽に、そしてまっさらな心で描く。何が正しくて何が間違っているか、という問いの前に、歴史を受け入れてきた人間の心の様を描く。私が上村一夫を好きな理由はそこにある。

人間はダメで、美しく、弱くて、強くて、儚い。それを上村は色っぽく描く。そこにロマンを感じる。それには風景が不可欠で、花や木、山や川、海が音を立てて、鳥は飛び、花を散らす。そんな風に上村は風景カットを頻繁に入れることで、揺れる人間に色気を与えていく。季節の中で心もまたうつろいでゆく。そして私は、自分の人生の夏に『関東平野』を強く求める。それはこの国の夏が戦争と深く結びついているから、というのもあるが、テレビを観ても映画を観ても感じられない、この漫画の中でしか味わえない、あの、夏の光が、ほんとうのように、私には思えるのと、あの漫画の中に出てくる人たちが、好きで、夏になると会いたくなる、というのも、ある。ここから関東平野は見えないが、漫画の中の夏の終わりの地平線には、今日も夕日が沈んでいるのだろう。私はこの漫画を持っていれば、いつでもその光景に、会いに行ける。

漫画ばかり探していた私が同じくして探していたものが詩集で、特に好きだったのが田村隆一と黒田三郎だった。きっかけは高田渡のCDの歌詞カードだったと思う。いい詞だな、と思って歌詞カードを見ると自分で書いてるのはほんの少しで、あとは全部他の人の詩を歌っていた。びっくりした。そこからいわゆる戦後詩、というものに興味を持ち始め、気になった人たちの詩集をぽつぽつ買うようになった。

その中でも田村隆一の詩には強く惹きつけられ、影響も受けた。自分の書く詞もどんどん変わっていった。この『詩集1946~1976』は古本屋で四百円と安かったので買ったら、活字の読みやすさと本の焼け具合と、重さからかなんなのか、妙にしっくりきて何度も読んだ。とくに「保谷」という詩が好きで、「保谷はいま　秋のなかにある」という出だしから持っていかれる。詩集は活字の級数、余白、重さ、すべてが大事で、ちょっとでも読みにくいと、冷めてしまうことがある。この詩集はまさにぴたっとくるもので、秋になるとなんとなく読みたくなる。夜遅くに、コーヒーを淹れて、小さい灯りをつけて、読む。田村隆一の詩はなぜかっこ良いのか。それは恐らく田村隆一自身がかっこ良いから、だろう。

詩は、身体からしか生まれない。身体はどこから来たのか。詩を好きになったのは、この詩集に出会ってからで、歌を作りたくなるのは、まだ誰も歌えていないことがたくさんあるからだ。目の前のものを凝視すると、それは宇宙に通じていて、彼がやっているのは言葉遊びではなく、空虚に自分の身体を突っ込ませていって、花を散らすことだ。それは言葉の血であり、星のかけらの歌なのかもしれない。

最後に紹介するのは星野道夫さんの『旅をする木』。アラスカの大自然の中で暮らし、最後はヒグマに襲われ四十四歳で亡くなってしまった星野さんの作品の中でも特別に好きな本。

アラスカの自然、動物達への愛情。そこから紡ぎだされる星野さんの哲学。四季の移ろいの中で感動する人間の心。この本を読んでいると、地球の裏側の出来事や自然の息づかいと、自分が今立っている、この場所が同時に存在しているという不思議さを感じずにはいられない。自分の頭上をカメラがとらえていて、ぴゅーっとズームアウトしていき日本の中の一点、地球の中の一点にすぎなくなる、そんな感覚にとらわれることもある。

今、この文章を書いている私の、読んでいるあなたの、同じ時に、遠くの国には別の景色が広がっていて、そこには幸福な朝食があるかもしれないし、流氷のきしむ音が鳴り響いているかもしれない。世界は広いし、人と人とは微妙な関係で、今日たまたま話した人とはもう会わないかもしれない。そんな奇跡的な日常に、注意を払い続けた星野道夫の仕事は、私にまた歌を作らせる勇気と力を与えてくれる。

ここに紹介した三冊に共通して言えるのは、季節の移ろいに敏感な作り手たちの、現実の世界に対する深い洞察と、そこから感じた悲しみやよろこびが、美しい詩として歌われているというところだ。一冊一冊の本から聴こえてくる歌は、これからもずっと、私を奮わせ続けるでしょう。

読書日記

斎藤憐『ジャズで踊ってリキュルで更けて――昭和不良伝・西條八十』

私達は、自分を勇気づける歌、荒んだ気持ちを代弁してくれる歌を、やはり求めているのだろうか。

西條八十がフランス文学者というインテリでありながら、流行歌の世界に一生を捧げたのは、どこか時代のイタコのような使命を感じていたからなのだろうか。

斎藤憐『ジャズで踊ってリキュルで更けて――昭和不良伝・西條八十』に出会ったのは、ツアーから東京に戻って、訪れた図書館でのこと。日本の歌、とりわけ歌謡曲や流行歌がどのように生まれ、今日に至っているかを知りたかった。実はそのツアーでバンドに参加してくれたジム・オルークさんのギターの音に同じステージ上にいて「カナワナイ」と思ってしまったのが発端で、対抗できるものは何かと考えた上での事始めだった。「東京行進曲」「青い山脈」「東京音頭」など八十が生み出した歌は数多くあるが、この本はその歌が出来た時代背景、大衆の気分、政治情勢、八十の恋愛事情、を地続きで書いてくれる。諸外国を遊学しただけでなく、日本全国の古い民謡を採取する「新民謡運動」に参加したことで得た「知」と「遊び」があってこそのふくよかな歌詞なのだろう。最近ライブで「東京行進曲」を歌ってみた。お客さんの拍手が自然と大きかったのはなぜだろう。

山口瞳・赤木駿介『日本競馬論序説』

六月一日、日曜日。和歌山のホテルで目が覚めた私はそそくさと荷物をまとめチェックアウト。タクシーを拾ってＪＲ和歌山駅まで。途中良い感じの商店街を横目でやり過ごし（ホントはぷらぷらしたかった）特急くろしおで新大阪へ。間髪入れずに新幹線で東京へ。間に合うだろうか。昼の一時半過ぎに東京駅に着き、地下鉄に乗り一旦家へ。ギターを置き、双眼鏡をバッグに入れる。新宿駅へ出て京王線、二時二十分の特急に乗車。

よしっ、これでたぶん間に合う！　ぎりぎり着いたは府中競馬正門前。小走りでパドックに向かう。すごい人だかりだ。そう、今日は第八十一回日本ダービー。

今年に入って急激に競馬に惹かれていった。そのトドメを刺したのがこの本『日本競馬論序説』だ。競馬場に行ってパドックで馬を見る。最初は情報を入れず、数字に惑わされず、まずは自分の目で、遠目からすべての馬を同時に見る。情報はその後。その重要性を私に教えてくれた。双眼鏡も買った。レースが始まる。一頭だけを追う。その熱き心！　これが競馬の醍醐味だ。

単勝馬券だと負けてもすがすがしい。強い日差しが照りつける。握った馬券に汗が滲む。負けた馬の悔しさが伝わってくるようだ。著者の赤木氏は言う。自分の目をもっと信用しなさい、と。来週もパドックを「見る」楽しみが湧いてくる。

殿山泰司『JAMJAM日記』

殿山泰司さんの名前を知ったのはミクシィで、だったかもしれない。好きな女の子が「殿山泰司コミュニティ」に入っていたのだ。それでなんとなくその名前は「イイ感じ」という認識で脳内にインプットされた。

それからしばらくして古本屋で殿山さんのエッセイに出会った。『三文役者のニッポンひとり旅』『三文役者あなあきい伝』。べらぼうに面白くて読み進めるのがもったいなく感じられた。

殿山さんのエッセイを読んでいると街へ繰り出したくなる。風俗街をぷらついたりストリップ劇場に入ってみたり。地方ライブに行くときは近くに劇場がないか調べる。そしてあれば行くようにしている。全盛期に三百五十館以上あった劇場も今は二十数館しかないのだが。

そうやって殿山さんのアソビを真似してみるのだがもちろんサマになる訳はなく、モノがちがうから仕方が無いのだが、僕はやっぱり大人の男として殿山さんのような人をお手本としたい、とエッセイを読むたびに思う。殿山さんが尊敬してやまない、という映画監督・川島雄三もそれで好きになった。

今流通している著作は『JAMJAM日記』(ちくま文庫)しかないのだが(二〇一四年当時)、ジャズとミステリを体にどくどく流し込んでいる日々の記録が刺激的。僕もこれを読んで今年はミステリ入門だ！　という気になっている。

星野道夫『旅をする木』

古本屋で見つけると、つい買ってしまう本がある。それがこの『旅をする木』だ。また誰かに貸したか、あげてしまったのか、この本について書こうと思って棚を見たが見つからなかった。すぐ近所の本屋に買いに行った。

カバーしてもらった新しい『旅をする木』を読み始めた時妙に嬉しくなった。コーヒーチェーン店のテラス席で、季節は梅雨から夏へとゆっくり変わってゆく夕暮れ時。会社勤めの人達がちょっと楽しそうに帰路につくか飲みに行くか、そんな時間帯に、私はまた星野さんのアラスカでの旅、アラスカでの生活の話に耳を澄ましている。

少し涼しい風が頬を撫でる。雨が上がった後の風だ。向こうには大きな公園の樹々が見える。東京のビルに囲まれたこのテラス席でも、私は十分に季節を感じている。こんなことを言ったら星野さんに笑われるだろうか。アラスカの大自然はスゴいぞ、と。

陳さんと詩の学校

僕は陳さんの「詩の学校」で何回か授業を受けたことがある。詩の学校とは陳さんが毎回教材を選んで持って来て詩についていろいろ教えてくれたり、みんなで詩を書いたりするワークショップのようなもので、教える陳さんも若ければ集まる人もみな二十代前半くらいだった。

詩の学校に校舎はなく、毎回様々な場所で行われた。僕が受けた授業の中で特に印象に残っているのは、渋谷の名曲喫茶「ライオン」の地下会議室での詩の学校。ここは普段入ることが出来ず、陳さんがどういう手続きを取ったのかはわからないが、戦前からある名曲喫茶の地下ということもあり、秘密の参謀会議みたいで変にかしこまった感じが面白かった。それから、アダルトビデオの撮影でよく使われているという説明のもと通された新宿歌舞伎町のマンションの一室。だだっ広いマンションの部屋で何の授業をしたのか……あまり思い出せないが、ライオン地下室同様、その場所とその時の雰囲気、授業を受けに来ていた人たちの顔はなんとなく覚えている。僕が当時惹きつけられていたのは、詩の題材ではなく、陳さんが選ぶ会場の面白さだったのかもしれない。陳さんは東京の「街」そのものを「教室」にし、僕らを街に連れ出した。

十九歳で初めて会ってから、二十二歳くらいまでよく遊んでもらっていたが、そこからしばらく会わない時期があり、陳さんはディープな夜の世界へと入っていった、ということを人づてに聞いた。久しぶりにかかってきた電話は「前野くんストリップ劇場の店長とか興味ない？」という電話だったり、謎の借金の保証人になって欲しいという電話だったり（これはけっこう悩んだ……）で、結局新宿の花園神社で保証人のサインをしたのだが（母親からあれほど借金の保証人になってはいけないと言われたのに！）、この時の陳さんのキリっとした顔つきは今でもはっきりと覚えている。とても二十代前半の青年とは思えない、重厚感と緊張感のある表情をしていた。

このまま陳さんはどんどんディープな世界へ行ってしまうのかなとちょっと思ったが、僕は勝手に、陳さんは創作のためにいろいろな経験を積んでいるのだろうな、と呑気に思っていたし、「陳さんは詩を書く人」というイメージはずっと崩れなかった。それはきっとこの詩集にも収められている「秘密」という詩を僕が好きで、その印象がとても強かったからだと思う。

「秘密」という詩は、若者が銭湯に行って湯船につかってバイブラバスで遊んで銭湯から出て、というストーリーにしたらなんてことない内容なのだけれども、僕はこの詩を読むたびに涙が出そうになる。この美しさはいったいなんなのだろう。うまく言葉にすることは出来ないが、この詩の持つ、初々しい孤独のあたたかさ、とでも言ったら良いのか、それについジンと来てしまうのだ。それはこの生のどうしようもない「悲しさ」なのかもしれないし、生きている「喜び」なのかもしれない。それが同時に襲って来たときの感情なのかもしれない。秘密は秘密のまま、僕はぐっと心の奥底でそれを握りしめている。


陳さんが詩を書くきっかけになった感情と、僕が歌を作り歌うきっかけになった感情は、もしかしたらちょっと近いのかもしれない。この風呂なしアパートに住んでいる（おそらく）青年にはたぶん夢がある。希望がある。それはまぎれもなく若かりし頃の陳さんそのものだろうし、風呂なしアパートに住んでいた僕自身でもある。だから冷静にこの詩を論じたり考察できたりできないというのが正直なところで、詩と作者の関係ってなんなのだろうというところに行き着いてしまう。まあそんなのは本当のところどうだっていい。人生のいろいろな場面で、あの「秘密」の詩の一節、

「心の奥の奥でギューッと抽出された涙」

を、ちゃんと抱きしめられるかどうかが大切なのだろう。僕はこの詩を読み返して最近自分はさぼっているなと思った。歌もやはり心の奥の奥で何が鳴っているかをちゃんと歌うことが大事なのだ。そして、

「おかしいね」

と、最後の一節で締める軽さ。今改めてこの詩から僕は学んでいる。

最近僕はヌード劇場にはまっていて、全国のヌード劇場を「調査」という名目で回っている。あの時陳さんから紹介されたヌード劇場の店長をやっておけば良かったなとちょっと今後悔している。詩の学校は今やっているのか分からないけど、僕は今日も街へ出て歌を作っている。そして久しぶりに銭湯に行きたいなと思っている。ひとりで行ったらいろいろ思い出して感慨深くなるんだろうけど、新しい歌が作りたいから彼女と行こうと思う。恋人がいても、結婚しても、多分この「秘密」のような孤独は、あたたかく僕のものなのだろう。

「男のロマン」を「女が歌う」

試写室で映画を観終わって、この大事な気持ちを抱えたまますぐに外へ出たいと思った。外を歩いていると夕焼けに染まった丸の内もまた映画の中だった。みんなそれぞれにたったひとつの「物語」を生きている。赤く染まる人たちを眺めながらそんなことを思った。歩きながらテーマ曲のメロディを思い出して口ずさんで映画を思い出して胸が詰まった。『あんにょん由美香』は美しかった。

女優として生きた林由美香。映画に生きることを誓った松江哲明。歌に人生を捧げる豊田道倫。何かに自分を賭けるのは怖いことだけど、そういう人たちでなければ誰かを引き込むなんて出来ないのだろう。

家に帰ってギターを触ってテーマ曲を弾いてみた。簡単なコードですぐに弾けたが、また泣きそうになった。なぜだろう。いつもと同じギターなのに。と、妙にしんみりとしたところであの不穏なエンディングテーマ「さよならと言えなかった」を思い出してしまった。思い出さなければいけないんじゃないか、というようなパワーがその歌にはあった。

さよならと言えなかった
映画のように終わりにしたくなくて
さよならと言いたかった
映画のように殺して終わりに出来たら

豊田さんはこの歌で映画を挑発し、「物語」を揺さぶった。松江監督はそれを拒もうとせず、むしろ喜んだ。美しい関係だと思った。ふたりの素顔は少し知っているが、作品の中ほど魅力的な彼らを僕は知らない。

映画をつくるとはいったいどういうことなのだろう。歌をつくるとはいったいどういうことなのだろう。男のロマンとはいったいなんなのだろう。そして、女はそれをどう思っているのだろう——。

川本真琴さんの歌うテーマ曲「ほんとうのはなし」。歌の内容はしょうもない男の歌なのに、女性シンガーである川本さんが歌うとどうしてこんなに大きなものになるのだろう。

「男のロマン」を「女が歌う」。それはまさに、男たちの映画の中で歌うように演技していた林由美香さんもそうだったのではないだろうかと、サントラを聴きながら、映画を思い出しながら、思った。

みうらさんのロック・バラード

僕はこの小説を読んで泣いた。

人生の岐路に立たされ思い悩んでいた日々に、熱いマグマのような〝ラブ・ソング〟が小説から飛び出してきて、気づいたら思い切り泣いていた。

僕は今までこういう〝ラブ・ソング〟を聴いたことがなかった。

僕も乾くんのように〝ロック〟に人生を決められたクチだ。

最初はディランや拓郎ではなく尾崎豊だった。

十五歳の時に「街の風景」という曲を聴いて、漠然と、こういう風になりたい、と思った。ただ何から手をつけてよいか分からなかった。やっとギターを買ったのは十七歳。曲を作り始めるのは二十歳くらい。ひとり暮らしを始め、部屋で本格的に録音をし始めたとき、もう二十三歳になっていた。

普通なら遅いだろう。同級生は会社に入って仕事を始めているような時期だ。とにかく毎日のように曲を書いては録音し、レコード会社に音源を送った。けど、返事はまったくなかった。

風呂なしアパートの生活も限界。家賃も滞納。仕方なく実家に帰った。正直「負けた」と思った。二十六歳を過ぎていた。

その時自分の人生を決定づけた曲をもう一度聴いた。ジョン・レノンやボブ・ディラン、尾崎豊。なんとか感動する余力は残っていた。

半年後再度上京し、態勢を整えた。当時付き合っていた彼女にも頼った。かっこ悪かったけど、音楽でやってやらなきゃ、と思っていた。いま考えると、ぜんぜん〝ロック〟じゃなかった。でもその時はその時なりに必死だったのだろう。

友人らの協力を得てなんとか最初のアルバムを出した時（どこからも声がかからなかったから自主制作で）もう二十八歳になっていた。恥ずかしながら、親から二十万円ほど借りて作った。そんなデビューアルバムだった。

そこから何枚かCDを出したりライブをしたり、映画に呼んでもらったりして、なんとかバイトをしなくても活動できるようになったけど、何か物足りなく感じてしまうのはどうしてだろう。僕はいったい何を目指していたのか。結婚もしていない、子どももいない。

ならば思い切りめちゃくちゃやって楽しめばいいじゃないか。

でも僕はやはり根が〝ノーマル〟なのだろう。いろんな人を犠牲にして手に入れた〝シンガーソングライター〟というのは、そんなにかっこいいものではなかった。

僕は次第にライブの本数を減らし、いつからか競馬場通いを始めていた。平日の昼間から競馬に行き、束の間の興奮を味わった。人気のない馬に賭けることが、何か今の自分自身に賭けているようで、楽しかった。けど、それは本当の自分に賭けていることにはならない。当たり前のことだけど。でも僕は朝起きると、競馬カレンダーを見て、その日開催している場所をチェックすることをやめられないでいた。

そんなある日、

「小説の後書きを頼みたくそうろう」

というメールが届いた。

みうらじゅんさんからだった。

僕は川崎競馬場にいて、ちょうどレースを観ようとしているところだった。何かほっぺたをペチッと叩かれた気がした。

嬉しかったが、すぐにメールを返すことができなかった。

全部のレースが終わって、とぼとぼと駅へ歩いた。その時もずっとメールの返事を考えていた。自分の人生に賭けまくってきたみうらさん。今の僕の状況を見たらきっとガッカリするだろう。

駅に着いて、ロータリーにあるベンチで一息入れて、メールの文章を打ち始めた。ロータリーには家へ帰る人たちがバスを待っていた。会社勤めのお父さん。女学生。買い物袋を持ったおばさん。そんな人たちを眺めていると、どこからともなく、みうらさんの声が聞こえてくるようだった。

「どんな気がする？」

もはやディランの歌詞の一節ではなく、みうらさんの格言みたいになっているあの言葉。

僕は水を一気に飲み干し、メールを返した。

「ぼくで良ければ、是非お願いします」

それから出版社の方から前作の『色即ぜねれいしょん』を送ってもらい読んだ。映画はだいぶ前に観ていたが、小説は初めてだった。

乾くんが初めて人前でギターを弾くときのそのドキドキに触れて、僕は泣いた。

ギターがはじめて弾けた時のこと。好きな女の子に、カセットに録音した自分の歌を初めて聴かせた時のこと。喜んでくれた人の顔、声。いろんなことを思い出してたまらない気持ちになった。

僕の人生はそうやって始まったんじゃないか。

そういう忘れちゃいけないことがたくさん詰まった小説だった。

それから『セックス・ドリンク・ロックンロール！』を読み直した。物語は続いていた。高校生だった乾くんは大学生になっていた。音楽の代わりに、今度は猫部やゴジラ盗みや、女装や、あらゆるものにチャレンジしていた。でも根底にある〝ロック〟魂はぜんぜん捨てていなかった。むしろ自分を壊していく作業に、たくましささえ備わっているような気がした。それは〝セックス〟と〝ドリンク〟を覚えたこととも関係しているのだろうか。次第に乾くんは〝ロック〟ともうひとつ大事なものに翻弄され始める。それが〝愛〟だろう。

乾くんは関係をもった女性に対して常に、これが〝愛〟なのだろうか、違うのではないか、と自問自答する。そんなことを考えながらも事態は急展開し、女の子を妊娠させてしまう。うろたえながらも、父親に会ってと言われて一緒に彼女の実家に帰る乾くん。怖いお父さんを前にして怯む乾くん。でも勇気を振り絞ってお父さんを睨みつけた時、何かが弾ける。

〝怖くなんてないんだ。これは僕が決めたことなんだから〟

僕はその乾くんの心の声を聞いて、ぐっと力が入った。僕も乾くんに負けないぐらいジョン・レノンの曲を聴いてきた。誰よりも「オー・ヨーコ」という曲に人生を決定づけられたと自負していたはずだった。でも違っていた。本当の意味で、ジョンのメッセージは受け取れていなかった。そのことに、僕はこの小説で初めて気がついた。

〝愛〟と〝ロック〟は無関係じゃつまらないよ。

ということに。

終盤、乾くんの彼女は「もう中で出していいんだからね」と大声を出した。僕はそこで涙があふれた。〝中で出して〟なんてことが〝ラブ・ソング〟になってしまっていいのだろうか。でも僕は涙が止まらなかった。こんな〝ラブ・ソング〟はジョンもディランも歌っていなかったよ、みうらさん。

僕はある人の顔を思い浮かべた。そして早く〝中出し〟したいと思った。そんなことを思わせてくれる歌を僕は知らない。そんなことを感じさせてくれる小説を僕は読んだことがない。初めてのことだった。体に熱いものが流れた。そして僕も思い切り叫びたくなった。

セックス・ドリンク・ロックンロール！

と。

興味があるの

車の中でキスをして　真っ暗闇の森の中　節電なんてレベルじゃないの私らやっぱりけだものでいたい

愛をぐしゃぐしゃにまるめて　口の中に出してもいいかな　君の髪をなでていると　僕は君のお父さんか君の子供にでもなったみたい

君のふるさとの春を教えて　君のふるさとの冬を歌って　僕は君に興味

があるの　君の生きていることに興味があるの

心をぐしゃぐしゃに塗りつぶして　もっと乱暴にしてもいいかな　君のほっぺにチューをしていると　僕は君のお父さんか君の子供にでもなったみたい

君のふるさとの夏を教えて　君のふるさとの秋を歌って　僕は君に興味があるの　君の生きてることに興味があるの　興味があるの　今日海が見たいの

33, 34……100

いーはとーぼ店主・今沢さんからお題が届いた。「テーマはミミで」と。

「いーはが今年で33周年だから、あとは如何様にでも」と。

私は今年で31歳、二月の早生まれだから来年で32歳になる。

とすると、今沢さんは私が生まれる前からいーはとーぼをやっておられるのだ。33年前の下北沢はどんな景色だったのだろう。思いを馳せてみる。

今沢さんは今よりも、さらに怖かったんだろうなと推測する。

その時のスタッフは、その時のお客さんは、その時のコーヒーの味は、どんなだったのだろう。「音楽は音量大きめでかけています」はその時から変わらないのだろうか。私はこの店で音楽がさらに好きになった。いや、音楽が好きだということに強く気づかされた。

だからこの店を好きになったのは私自身というよりも、私の耳がそうなっただけで、もしかしたら耳の方が、この店のことをよく知っているのかもしれない。自分の耳にちょっと嫉妬した。

扇風機の薄いプロペラの音が鳴っている。遠くではかすかに蝉の切れ切れになった歌が聴こえる。今日は八月三十日。雀がチュンと鳴いた。強い日射しが、少し滑らかになったような気がする。午後三時。来年でいーはは34周年。私はまだ今沢さんとお酒を飲んだことがない。来年はサシで、飲みにいきたいと思っている。こんな冗談が言えるうちに。

きっと100周年は、お互いいないだろうから。

旅と駆けて

一昨日までニューヨークにいた。自分が歌を歌ったドキュメント映画『ライブテープ』がニューヨーク・アジアンフィルムフェスティバルという映画祭に招待されたので、監督とともに私も呼んでもらったのだ。初めて訪れるニューヨークは驚きの連続であった。まず地下鉄が二十四時間やっていることは知らなかったし、スターバックスにショートサイズはなく（トールサイズから）、「本日のコーヒー」も日本より百円ほど安い。ベーグルもひとつ百円以下なので気軽に頬張りながらコーヒーを飲める。私が泊まっていたホテルの近くにもスタバがあったので、滞在中何回か入った。トールサイズのコーヒーが二百円しないくらいで並々と入っているのでなかなか減らない。砂糖やミルクを入れるところでニューヨーカーたちはどばどば砂糖を入れて棒でかき回し楽しんでいた。彼、彼女らのカップはバケツみたいに大きかった。

旅先のコーヒーショップに入ってまずすることは、窓の外を眺めること。それからノートに何か書いていく。日記でもなく作品でもないが、書いているとそれが歌の形になっていくことがあるので作業の一環としている。ニューヨークでも街は格好の獲物になるはずだった。が、ノートを広げても言葉が落ちてこない。どうしたものか。あまりの人種の多さにフォーカスが合わないのか。ただ単に英語が分からないからなのか。雰囲気が捉えられない。言葉が追いつかないのだ。あ、もしかしたら今までの歌の作り方だとマズイのかな、とこの時ふと思った。もう少しこの秘密が知りたくて帰りの飛行機を二日遅らせた。

幸運にも旅の最後にライブに行くことができたのはなんの巡り合わせか。知り合ったマーティンという青年がベイルートというバンドの大ファンで、私も気になっていたバンドだったので、ああ人生ってすごいなと思った。ライブは音が凄かった。クストリッツァが好きな私にとって、ベイルートのやり方は嫉妬さえ覚えるほど音楽に生きていた。ニューヨークの若者たちは興奮していた。まったくスッキリしないままホテルに戻って寝たら次の日の朝寝坊した。急いで空港へ向かった。言葉では追いつかない云々の秘密は解けなかったが、これから歌を作るときに、あのニューヨークの若者たちを少し意識できたら、もっと楽しくなるだろう。

秋になったら

横浜の黄金町に黄金劇場というヌード劇場があった。近所の爺さんたちが集まって、トップバッターの踊り子さんは、専属の踊り子さん。きっと五十代だろう。六十代かもしれない。踊りはほとんど申し訳なさ程度に踊っていたが、ステージから爺さんたちに話しかけて、おっぱいを触らせてあげたり手を握ったり、杖をついてやっと立っているような爺さんも、ぼーっとしているのにその時だけはちょっと頬が緩んで、良い光景だった。

常連さんたちは幕間に世間話をして、競馬の話でもしてたのかな、楽しそうに話していた。ここは町の寄り合い所みたいな役割も果たしていたのだろう。あの杖をついた爺さんを見ていたら、クリニック的効用もあったんだろうと想像できる。僕はと言えば、そこで初めて見た鮎原かおりさんという踊り子のステージにぐいぐい引き込まれ、終いにはそのストリップでしか味わえない「劇」に涙していた。

それから全国の行ったことのない劇場を巡ろうと思い、訪れ始めた。しかし、僕がストリップを好きになったきっかけの黄金劇場は閉館に追い込まれ、船橋の若松劇場、福山の第一劇場と立て続けになくなり、ほとんどの劇場を回ってしまったところで、もうこの文化はいずれ消えてなくなるんだろうな、というしんみりした気持ちになっていった。と同時に、僕も忙しさにかまけて足は次第に遠のいていくのだが。

今年になって急激に競馬に身を寄せていったのは、疲れ切っていて仕事から逃げたかったから、というのと、遊びが足りないんだろう、と思っていたからだろうか。もしかしたらストリップ劇場のように、身を潜められる場所、ダメな自分をそっと受け入れてくれ、また街の中へ送り出してくれる、そんな場所を探していたのかもしれない。

久しぶりに競馬場に行って、走る馬の姿を見た時、その力強さに圧倒された。そして「自由」を感じた。空が広くて、馬がどこまでも走っていって自分の感情を切り裂いてくれるような、そんな気持ちになった。音楽はいつでもそういう「自由」をくれるが、またそれとは違う、もっと遠いところで、力強い、儚いものを感じた。

仕事柄、いろいろな街に行くことが多いので、地方の競馬場にも足を運んでみようと調べ始めると、ちょうどライブの予定と競馬の開催日程が重なっているところがあった。ライブの前日にその街に入り、初めての地方競馬へ、出かけることにした。

朝五時に起きて東京駅から新幹線に乗り越後湯沢へ。そこから特急「はくたか」に乗って金沢に着いたのは十時半くらいだったか。ギターと荷物をホテルに預け、西口から出ている送迎バスに乗り込み、金沢競馬場へと向かった。そういえば越後湯沢で降りたとき、まだ雪が降っていた。三月の下旬のことである。

バスから降りるともわーっと動物のにおいがした。興奮した。地方の動物園にでも来たような気持ちになった。「ホクリク」という競馬新聞を買い、パドックの方へ向かう。二階から眺めるとパドックの向こうに海が見えた。海と馬。発音は似ているが、この組み合わせほど美しいものはない、とそのとき思った。

初めての金沢競馬はうんともすんともいわず、ぜんぜん当たらなかったが、食堂の雰囲気や、海風のかおり、電光掲示板ではなく、木の板の出馬表、これらにすっかり魅せられて、僕は最終レースよ来ないでくれ、と思うようになっていた。メインのレース名も僕の心に響いた。「春の夜の夢のごとし特別」。こんなレース名があるんだなと嬉しい気持ちになった。冬から春へと向かう季節。まだ気が早いレース名かな、と思ったけど、たしかに金沢駅を出た時に感じた風には、ほのかに潮のかおりに混じって、うすい春の感触があった。

「春の夜の夢のごとし」

パドックの向こうに海が見える
キラキラ反射してる
ゼッケンつけたサラブレッド
冬の毛をまだ残して

ゲートが開いてドッと飛び出す
砂を蹴り飛ばし　ひと仕事
おっさんたちの夢　ロマン　背負って

春の夜の夢のごとし
ちぎった馬券で花を咲かそうとも
春の夜の夢のごとし
去ったあいつは戻らない

春の夜の夢のごとし

冬が遠くへ連れてってしまったね
春の夜の夢のごとし
ちいさな花が咲いた

パドックの向こうに海が見える
ギラギラ反射してる
ゼッケンはずしたサラブレッド
冬の毛をまだ残して

金沢競馬からホテルに戻り、ちょっと旅の疲れがあったので眠った。夜十時くらいに目が覚めて、おもむろにギターを取り出し、曲を作った。歌詞はすぐに出来たし、曲もすぐに出来た。あの光景が、感動が、素直に曲を作らせたのだ。

地方競馬の経営は厳しいと聞く。ストリップ劇場もどんどん潰れる。僕にはどうすることも出来ない。だけれども、そこに歌が流れているから、聴きに行きたくなる。そこでしか聴けない歌を。僕が好きな歌を。ただそれだけのこと。そしてギターがちゃんと、僕の感情を掴んでくれる。だから僕は、何かに取り憑かれたように、旅を続ければいいだけなのだ。

秋になったら、また季節にちなんだレース名があるだろう。馬の毛並みも変わるだろう。声援を送るファンの服装も変わる。競馬場のある、街の風景も。

暮れゆく街の食日記

二〇一三年十二月十六日（月）ホテルの朝食

前日十五日夜は茨城の古河という街でライブ。カフェラウンジビープというお店、とても良い場所だった。ライブ後軽く飲み、取ってもらっていたホテルに一旦ギターや機材荷物を置いて夜の街を徘徊。目星をつけていた和服パブ、に潜入。ウイスキーを飲み過ぎて記憶が薄れていく。隣にあったGバーに潜入。焼酎は確実に悪酔いしてしまうのに焼酎しかないので仕方なくそれを飲み悪酔い。気づけばカラオケで自分の歌「友達じゃがまんできない」をボーイのおっさんと肩を組んで熱唱。どうやってホテルまで戻ったか覚えていない、そのままベッドになだれ込んだようで朝八時前に

目が覚める。シャワーを浴びて朝食、激しい頭痛、後悔、ふらふらと食堂へ行き、バイキング。だいたいバイキングはまあ期待していないのですが……ちょっとびっくりするぐらいの美味。

すべて食堂のおばちゃんの手作り。おばちゃんそこにいて、これ全部手作りですよね、と聞いたら、ええ、と。昨日の夜遊びと後悔と頭痛が朝の食堂に差す光で溶けて行く。これが食べられるだけでも、もう一度ここに泊まりたい、と思える、そんな朝食でした。

その後はホテルに荷物を預けて古河の街を探索。夕方前に電車で東京に戻りました。

十二月十七日（火）丸亀製麺↓キンレイの冷凍鍋焼きうどん

前日、古河から戻ってきて一旦家に荷物を置き、そのままニッポン放送へ。ダイノジ大谷さんのラジオへゲスト生出演。出たばかりの自分のアルバム『ハッピーランチ』の話、曲を流してもらう。

そしてそこでなんとなく体がだるいことに気づく、たぶん風邪だ。夜は何を食べたか、レーベルの担当と一緒に有楽町の駅の高架下の中華で辛い鍋を食べた、それで風邪を吹き飛ばそうと思ったのだ。帰って寝て十七日、体が熱っぽいし胃ももたれているので、そういう時はやさしいうどん、ということで近所の丸亀製麺へ。かけうどんに大根おろしをのせてもらう。ショウガをたっぷり入れてごまかけてゆっくり食べて帰宅。夜は近所のコンビニへ、キンレイの冷凍鍋焼きうどんを買いに行った。

これけっこう好きでたまに食べている。だけどこの日は悲惨だった。具合が悪かったので冷凍の底の部分をおでこにのせて頭を冷やしていて、いつの間にか眠ってしまったのだ。目が覚めた時は額にもちろん何もない。ベッドの中央に鍋焼き冷凍うどんうつ伏せになって、冷凍出汁が溶けてかなりの量染みになっている。

体は風邪っぽくて怠いし、羽毛布団はたぶん洗濯できないだろうし、布団カバー洗濯しなければ、などいろいろなことが頭をかすめてチキショーという気分になった。いい歳こいて何やってんだか。という気持ちと同時に昔自分がオネショをして母を困らせていたことを思い出した。毎日のよ

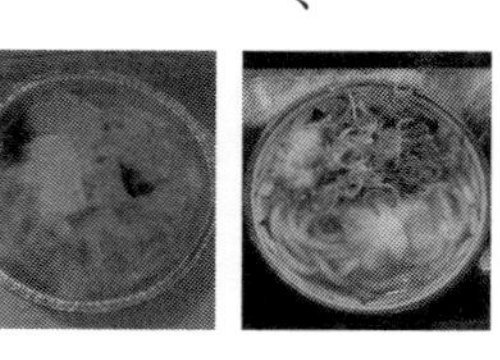

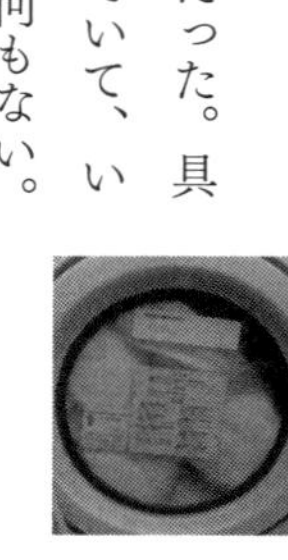

うにオネショをして毎日のように母は布団を洗い干していた。それを思い出してなんだか人生レベルで物事を考えた。

落ち着いてとりあえず布団カバーを洗い、干し、冷凍うどんを食べ、羽毛布団の注意書きを読み、対策を練った。つまんで洗える部分は洗い、翌日クリーニング屋へ行き相談。一ヶ月かかると言われ断念。捨てて買い直しか、それくらいの気持ちならやってしまえ、ということでコインランドリーで試しに洗ってみたら、すんなり洗えて乾燥しても大丈夫で。ふかふかになった布団は暖かくて。この食日記というのをやってなかったらこの乾燥機の写真も撮っていないのだろうな。

十二月十八日（水）近所の喫茶店のモーニング↓丸亀製麺

朝十一時までモーニングがやっているし、新聞もだいたい揃ってるしで重宝している近所の喫茶店。

この時はまだここが閉店してしまうとは思っていない。この一週間後

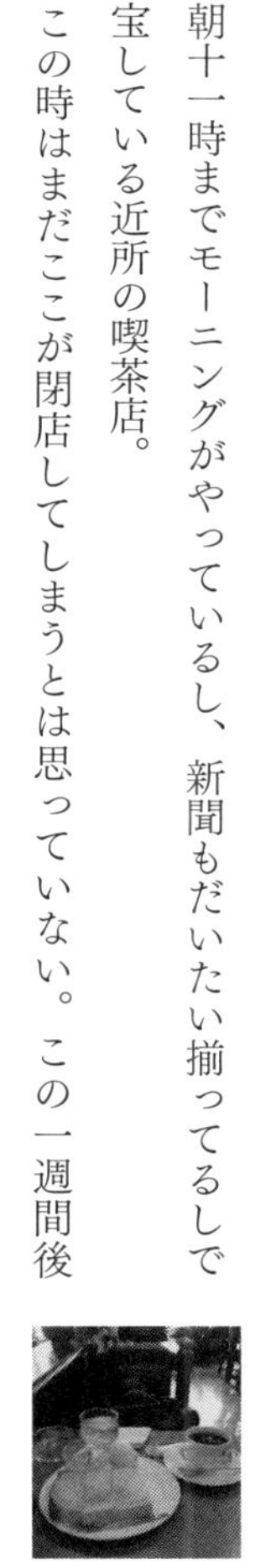

くらいに「年内二十八日で閉店します」という紙が突然貼り出された。三十五年もこの街でやっていた喫茶店。まじかよ、と思った。二十三日には表参道の大坊珈琲店も閉店してしまうし。溜め息が出た。

この時期からこのＰＨＳの画像がゆるすぎるのではないか、と思い久しぶりにデジカメを引っ張りだして撮影。

まだ体調がすぐれないので胃に気遣い、うどん、まあかき揚げはゆっくりよく噛んで。

ちょっと人に会う。

十二月十九日（木）小諸そば

少し調子が良くなってきて、近所の小諸そばでわかめ蕎麦。朝は近所の喫茶店に行ったが写真を撮り忘れている。

ノートには特に何も書いていない。ＰＨＳのメール読み返すと何件かメールのやり取りはしている。

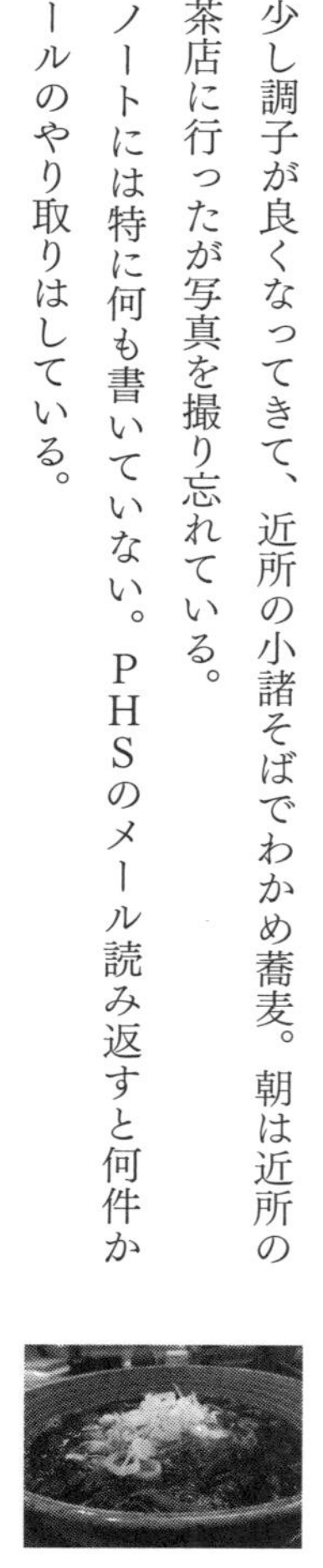

十二月二十日（金）横浜中華街

この日は横浜までチェルフィッチュの『地面と床』という新作の芝居を観に行く。体調もだいぶ良くなってきた。

新宿三丁目から副都心線直通で元町・中華街行き、途中中目黒で降りて商店街で湯たんぽを買った。この頃から急激に寒くなり、さすがの西川の毛布でも寝るときもうちょっと温かさが欲しくなっていたので、ツボ押し湯たんぽ、これだ、と思い購入。福引き交換券をもらい近所でカラカラと福引き。赤玉。蒲焼きくんをゲット。雨が降っていた。元町・中華街駅に着いて腹ごしらえ、と思い歩いているといい感じの中華粥の店を見つけた。お腹の調子もまだ完全復調はしていないのでちょうど良いなと思い入店。そろそろ栄養もつけなきゃということでピータンスタミナ粥を注文。

とても美味しかった。開演までまだ時間があるので喫茶店を探そうと歩き回る。喫茶店、ぜんぜんない。しばらく歩いて、夜の中華街、そういえ

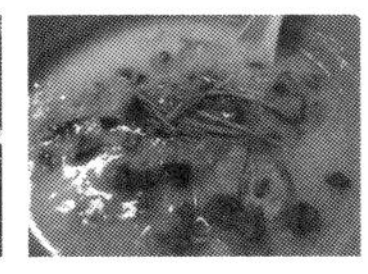

ば夜の中華街って初めてかもしれないと思いゆっくり眺めながら歩く。ネオンの輝きに変な郷愁を感じる。俺の故郷はこんな感じの所だったんじゃないだろうか、満州。租界。

で、しばらく歩き、やっと喫茶店を発見。知らない街で喫茶店を見つけるのだけは得意だ。

喫茶「ホルン」でママさんにこの街の喫茶事情を聞く。茶店のマッチを集めていることを告げると、昔のだけどいい？と言って奥から引っ張りだして来てくれた。最後の一個かもしれない。と。喫茶店を回っていると、もうあと十個くらいしかない、とか、これで最後かもな、という場面に良く出くわす。その貴重なマッチを部屋に持ち帰り、特に何をする訳でもなく、眺めている。

ママさんから教えてもらった、かなり古い建物で立派なのよ、という中華料理屋の外観をちらっと観て中華街を後にする。

神奈川芸術劇場、みたいな名前の建物へ移動し芝居を観劇。

観た直後の感想はその場にいた主宰の岡田さんに伝えたけど、まだ感情が揺れていて落ち着かなかったのでとりあえず中華街に戻り、中華屋に入

りビールと天津飯を頼んでノートを広げて感想を書く。

自分の中で意味として結実しないままノートに乱れた文字が残っている。

元町・中華街駅から新宿三丁目まで電車で帰る。


十二月二十一日（土）紀伊國屋の地下飲食街↓いーはとーぼ

中古ＣＤ屋へ。店の看板でボブ・ディランがまた来日することを知る。

マジですか先生！

とメールを送る。ここでＣＤを買った後はだいたい紀伊國屋書店の地下飲食街へ。いつものスパゲッティ屋でたらことしめじのスパゲッティ。買ったばかりのＣＤのライナーなどを読みながら。

夜は下北沢のいーはとーぼで珈琲、ワインなどを飲む。店主と話し込み写真を撮るのを忘れて帰りがけに看板を。

十二月二十二日（日）歌舞伎町の中華料理屋

一週間の食日記もこれでお終い。寒い日だった。昼過ぎ、有馬記念をテレビで見たくなって街へ繰り出す。部屋にはテレビがないので。近所の店はことごとく休みで、仕方なく自転車でぷらぷらと走り出す。ちょっと行けば大型家電量販店があるので、そこのテレビフロアで競馬中継が見られるのだけど、お店でなんとなく飯を食いながら見たかったので、探す。やっと歌舞伎町でテレビの置いてある中華料理屋を発見。

ちょうど競馬中継がやっていて、ラッキー。常連のお客さんも新聞持って中に入ってきた。定食を頼んでレースと定食を待つ。

特に馬券は買ってなかったけど、オルフェーブルの引退レース、どんな走りをするか見たかった。

もう胃も復調していたのでがっつり定食を食べ、レースを見た。オルフェーブル、圧倒的なレースで有馬記念は終わった。もっと駄目になるまで走らせないのが最近の競馬で、競馬にハマっていた高校生くらいの時は、ナリタブライアンとか変な使われ方してかわいそうだったけど、興奮した。

今は一番いい時になるべく負けとかつかないうちに引退させて優秀な種牡馬として活躍させる、というのが主流になってるけど、もっと泥臭い感じ、あったほうがドラマチック、だけどそうもいかないのかな。自分の人生にも照らし合わせて、喝を入れる。まあ成功もしていないしドラマチックもクソもないいんだけど。

家へ帰る途中、ああ冬の街だな、としみじみしました。

十二月二十三日（月）大坊珈琲店閉店

好きだった喫茶店「大坊珈琲店」が閉店してしまった。ここの珈琲はワインのような豊穣な味がして、ここに来てカウンターで珈琲を飲む贅沢さ、やすらぎ、は何にも代え難いものだった。ビルの取り壊しでなくなってしまう、というのを知ったのは夏頃で、それから来るたびにカウンターで珈琲を飲んで泣きそうになった。いや、正確には泣いた。

朝、店主が手回しの焙煎機でカラカラと豆を煎っていて、煙がもくもく

舞っていて、そこに朝の光が差し込んで、こんな光景が東京の表参道の交差点のビルの二階で毎日あったというのが奇跡だったのだろうか。最後の日、閉店間際にカウンターに並んだ人たちは、みんな、マスターの珈琲を淹れる姿をじっと見ていた。もうこの場所で、この光景は一生見ることが出来ないのだ。

しがみついた青空

マンションとマンションの間に植えられた樹々に、たっぷりと陽の光が注がれている。葉は全身で光を浴びようと、太陽の方に顔を向けている。運ばれてきたコーヒーを飲むと、土の香りがした。

新宿に住んで三年半が経った。

住んでいるマンションの一階に喫茶店があって、今、そこでこの文章をタイプしている。広々としたこの喫茶室には、ガラスケースに入ったこの建物の模型があって、自分の体よりもだいぶ小さい。自分の部屋は小指の第一関節くらいで、模型を見ていると、人生なんてたいしたことないかも、と思えてくる。それでも過去を振り返ると、大事なことはたくさんあった。そう思わざるをえない。

前野健太オフィシャルサイトには「Ｌｉｆｅ」というコーナーがあって、そこに日記のような詩のようなものを載せている時期があった。今は消してしまったけど、消す前に編集者の森山さんが、これを本にしませんか、と言ってくれたことがあった。もう二年も前のことである。氏はライブで「今の時代がいちばんいいよ」という当時まだ出来たばかりの曲を聴いて、いたく気に入ってくれた。ライブ後、こんな曲が書けるんなら文章だって書けるはずです、と言ってくれた。

「今の時代がいちばんいいよ」という曲は、大島渚監督の『新宿泥棒日記』を映画館で観た直後に書いた曲で、昔の新宿に少なからず憧れを抱いていた自分には腹立たしい映画だった。好き勝手やってるぜ、という印象と、そういう六十年代の激しい時代に憧れていた自分への苛立ちも含めて書いたような気がする。別に六十年代なんてたいしたことねえじゃんかよ、今の時代が、自分が生きている時代が面白いに決まってんじゃんかよ、という気持ちである。ただ、どこかで、それを強く言えない自分もいた。ひどい時代だなしかし、という気持ちもあったからだ。それを乗り越えさせてくれたのが、同じ時代に生きる人たちだった、と言ったら説明し過ぎだろうか。あなたたちと生きている今の時代がいちばんいいに決まってるよ、ということである。

「自衛隊に入ろう」という高田渡さんの風刺ソングがあるが、それは六十年代には有効だったけれど、今はなんかちょっと違う気がする。歌はそういうものでいいと思っている。歌い継がれてこそ名曲、とは思わない。ただ先達の作品には今を生きるヒントがたくさん隠されている。風刺というちょっと現実を揶揄して柔らかくさせる方法がなければ「今の時代がいちばんいいよ」のような曲は書けなかった。

昔の文章なんて遠すぎて恥ずかしい気持ちもあるが、もう別人のようで、それはひとつのフィクションのようでもある。ひとりの青年が足掻きながらしがみついていたのは、ただの青空だったのかもしれない。

横には恋人がいて、または友人がいて、今はもう会わなくなってしまった人がほとんどで、一緒に過ごした時間があり、夢を語った夜があった。夕暮れ時に散歩して、何か気の利いたことは言えたのだろうか。歌のこと、そう、歌のことしか喋れなかったんじゃないだろうか。昔も今も。ずっと、この先も。

文章を書いてみたらいいじゃないか、と誘ってくれた編集者の方々、声をかけてくれた方々に感謝しています。いろいろなところに書き散らした文章。どの文章にも歌心が入っていたらいいけど、ただの言葉でしかないのかもしれません。

最後に、歌を着火させた女の人たちへ。ラブソングはあなたたちとの格闘がなければ生まれませんでした。そして青春に着火させた友人たちへ。時代という言葉があるのなら、それは友という一言に置き換えられるのかもしれません。
東京の空は今日もただ、青かった。

二〇一六年十一月二十八日深夜、靖国通り沿いのガストで

前野健太

◎初出一覧

Ⅰ

雪の花束……「すばる」集英社・二〇一五年十二月号・二〇一五年十一月六日
オフィス街の大地……「すばる」集英社・二〇一五年一月号・二〇一四年十二月六日
さよならブルートレイン……「すばる」集英社・二〇一五年五月号・二〇一五年四月六日
女と花の関係……「すばる」集英社・二〇一五年六月号・二〇一五年五月六日
ＭＩＫＡ……「すばる」集英社・二〇一四年十一月号・二〇一四年十月六日
詩人になれなかった魚肉ソーセージ……「すばる」集英社・二〇一四年十二月号・二〇一四年十一月六日
茶店の風景……「すばる」集英社・二〇一六年一月号・二〇一五年十二月六日
ケンタとガブリエラの夏……「すばる」集英社・二〇一五年七月号・二〇一五年六月六日
フランソワーズ・アルディの生きている音楽……「すばる」集英社・二〇一五年九月号・二〇一五年八月六日
ファイアー・ワルツ……「すばる」集英社・二〇一五年四月号・二〇一五年三月六日
春の塔寺駅で……「すばる」集英社・二〇一四年八月号・二〇一四年七月六日
続・自己陶酔亭……「すばる」集英社・二〇一五年八月号・二〇一五年七月六日
広島一九九九・夏……「すばる」集英社・二〇一六年三月号・二〇一六年二月六日
六月の水沢……「すばる」集英社・二〇一四年九月号・二〇一四年八月六日
『遊郭の少年』……「すばる」集英社・二〇一六年二月号・二〇一六年一月六日
青春のお盆……「すばる」集英社・二〇一四年十月号・二〇一四年九月六日
ｗｈｅｎ……「すばる」集英社・二〇一六年四月号・二〇一六年三月六日
街角の毛ガニ……「すばる」集英社・二〇一五年二月号・二〇一五年一月六日
乳白色の歌声……「すばる」集英社・二〇一五年三月号・二〇一五年二月六日

横浜高校のアート・ブレイキー……………………「すばる」集英社・二〇一五年十一月号・二〇一五年十月六日
ちあきなおみと荒木一郎と友川カズキ……………「すばる」集英社・二〇一五年十月号・二〇一五年九月六日
花が咲くよりも早く…………………………………「すばる」集英社・二〇一六年五月号・二〇一六年四月六日

II

アパート……………………………………「ぐるり」ビレッジプレス・二〇〇五年八-九月号・二〇〇九年八月一日
詩のような1……………………………………「Life」前野健太オフィシャルサイト・二〇〇六年
詩のような2……………………………………「Life」前野健太オフィシャルサイト・二〇〇七年
ロマンスカー……………………………「ぐるり」ビレッジプレス・二〇〇七年十月号・二〇〇七年十月一日
詩のような3……………………………………「Life」前野健太オフィシャルサイト・二〇〇八年
詩のような4……………………………………「Life」前野健太オフィシャルサイト・二〇〇九年
さみしいだけ……………………………「ぐるり」ビレッジプレス・二〇〇九年四月号・二〇〇九年四月一日
詩のような5……………………………………「Life」前野健太オフィシャルサイト・二〇一〇年
詩のような6……………………………………「Life」前野健太オフィシャルサイト・二〇一一年
コーヒーブルースの矢………………………………………………………………書き下ろし
詩のような7……………………………………「Life」前野健太オフィシャルサイト・二〇一二年

III

父の気持ち……………………………「季刊 真夜中」リトルモア・七号・二〇〇九年十月二十二日
ボブ・ディランの言葉、そして音楽……「季刊 真夜中」リトルモア・十一号・二〇一〇年十月二十二日
今月の三枚…………………………………「FUDGE」三栄書房・百二十八号・二〇一四年一月十二日
「FUDGE」三栄書房・百二十九号・二〇一四年二月十二日

「ＦＵＤＧＥ」三栄書房・百三十号・二〇一四年三月十二日
「ＦＵＤＧＥ」三栄書房・百三十一号・二〇一四年四月十二日
「ＦＵＤＧＥ」三栄書房・百三十二号・二〇一四年五月十二日
「ＦＵＤＧＥ」三栄書房・百三十三号・二〇一四年六月十二日
「ＦＵＤＧＥ」三栄書房・百三十四号・二〇一四年七月十二日
「ＦＵＤＧＥ」三栄書房・百三十五号・二〇一四年八月十二日

私的加藤和彦ベスト5……「文藝別冊・追悼 加藤和彦 あの素晴らしい音をもう一度」

河出書房新社・二〇一〇年二月二十八日

カラオケのこと……「『友達じゃがまんできない』JOYSOUND × UGA カラオケ配信記念！

カラオケイベント〜あなたの「友がま」聴かせてください〜」

前野健太オフィシャルサイト・コメント・二〇一一年十一月

西港へ……「ユリイカ 総特集 坂口恭平」青土社・二〇一六年一月臨時増刊号・二〇一五年十二月十二日

いつの時代でも詩は風に舞いくちびるに触れたがっている……「すばる」集英社・
二〇一六年十二月号・二〇一六年十一月六日

SHINJUKU AVENUE……二〇一五年

片山令子『雪とケーキ』……「冬の本」夏葉社・二〇一二年十二月二十日

本から聴こえてくる歌……「建築としてのブックガイド」明月堂書店・二〇一一年二月一日

読書日記……「日本経済新聞夕刊」二〇一四年六月四日／二〇一四年六月十一日
二〇一四年六月十八日／二〇一四年六月二十五日

陳さんと詩の学校……チェン・スウリー「カフェデリコ・カフェリーニ」

東京エレガントス・解説・二〇一二年七月二十八日

「男のロマン」を「女が歌う」……「あんにょん由美香 オリジナル・サウンド・トラック」

スポッテドプロダクションズ・ライナーノーツ・二〇〇九年六月二十七日

みうらさんのロック・バラード……………みうらじゅん「セックス・ドリンク・ロックンロール！」光文社文庫・解説・二〇一五年六月二十日

興味があるの……………………二〇一二年

33, 34……100……「He + Me = 2」イーハトーボ・十号・二〇一〇年九月三十日

旅と駆けて……「He + Me = 2」イーハトーボ・九号・二〇一〇年七月三十日

秋になったら……「マイホース」ユニオンオーナーズクラブ・二〇一四年十月号・二〇一四年十月一日

暮れゆく街の食日記……「あの人の食日記」幻冬舎ｐｌｕｓ・第五回・二〇一四年一月二十一日

しがみついた青空……書き下ろし

本書収録するにあたり、一部、改題、加筆改稿した。「詩のような1～7」の文章には、それぞれ新たにタイトルを付した。

◎引用文献

ユパンキ『インディオの歌』（ソンコ・マージュ・訳）旺文社文庫／田村隆一『ぼくの草競馬』集英社文庫／串田孫一『考えることについて』旺文社文庫／ボブ・ディラン『ボブ・ディラン自伝』（菅野ヘッケル・訳）ＳＢクリエイティブ／片山令子『雪とケーキ』村松書館／田村隆一『詩集１９４６～１９７６』河出書房新社／チェン・スウリー『カフェデリコ・カフェリーニ』東京エレガントス／みうらじゅん『セックス・ドリンク・ロックンロール！』光文社文庫

◎引用曲

「ロマンスカー」「コーヒーブルース」（作詞／作曲：前野健太）／「オートバイの失恋」（作詞／作曲：三上寛）／「ゴルフ」「雨の椅子」「西港」（作詞／作曲：坂口恭平）／「Love Minus Zero/No Limit」（作詞／作曲：ボブ・ディラン）／「さよならと言えなかった」（作詞・作曲：豊田道倫）

写真　ホンマタカシ

前野健太［まえの・けんた］

シンガーソングライター。一九七九年埼玉県生まれ。二〇〇七年、自ら立ち上げたレーベル“romance records”より『ロマンスカー』をリリースしデビュー。二〇〇九年、全パートをひとりで演奏、多重録音したアルバム『さみしいだけ』をリリース。二〇〇九年元日に東京・吉祥寺の街中で七十四分1シーン1カットでゲリラ撮影された、ライブドキュメント映画『ライブテープ』（松江哲明監督）に主演。同作は、第二十二回東京国際映画祭「日本映画・ある視点部門」で作品賞を受賞。二〇一〇年、『新・人間万葉歌〜阿久悠作詞集』へ参加。桂銀淑（ケイ・ウンスク）「花のように鳥のように」のカバー音源を発表。二〇一一年、サードアルバム『ファックミー』をリリース。映画『トーキョードリフター』（松江哲明監督）に主演。同年、第十四回みうらじゅん賞受賞。二〇一三年、ジム・オルークをプロデューサーに迎え『オレらは肉の歩く朝』、『ハッピーランチ』二枚のアルバムを発表。二〇一四年、ライブアルバム『LIVE with SOAPLANDERS 2013-2014』をリリース。文芸誌『すばる』にてエッセイの連載を開始。二〇一五年、雑誌『Number Do』に初の小説を発表。CDブック『今の時代がいちばんいいよ』をリリース。二〇一六年、『変態だ』（みうらじゅん原作／安齋肇監督）で初の劇映画主演。ラジオのレギュラー番組『前野健太のラジオ100年後』をスタート。二〇一七年、『コドモ発射プロジェクト「なむはむだはむ」』（共演：岩井秀人、森山未來）で初の舞台出演。本書が初の著書となる。

前野健太
百年後

二〇一七年三月二十五日……………初版発行
二〇一七年六月十三日……………二刷発行

編集発行者……………………森山裕之
発行所………株式会社スタンド・ブックス
〒一七七－〇〇四一
東京都練馬区石神井町七丁目二十四－十七
TEL……〇三－六九一三－二六八九
FAX……〇三－六九一三－二六九〇
stand-books.com

印刷・製本………………中央精版印刷株式会社

ISBN 978-4-909048-00-4　C0093
JASRAC 出 1701325-701